MARCOS RODRIGUES

VUTURUNA

EDITORA
Labrador

Copyright © 2022 de Marcos Rodrigues
Todos os direitos desta edição reservados à Editora Labrador.

Coordenação editorial
Pamela Oliveira

Revisão
Marcia Ligia Guidin

Assistência editorial
Larissa Robbi Ribeiro

Fotos de capa e miolo
Hélio Baraldi

Projeto gráfico, diagramação e capa
Amanda Chagas

Imagem da p.26
"Carnaval no paiol", Edivaldo.

Preparação de texto
Maurício Katayama

Dados Internacionais de Catalogação na Publicação (CIP)
Jéssica de Oliveira Molinari - CRB-8/9852

Rodrigues, Marcos
Vuturuna e outros contos/ Marcos Rodrigues. — São Paulo : Labrador, 2022.
176 p. : il.

ISBN 978-65-5625-225-4

1. Contos brasileiros I. Título

22-1196   CDD B869.8

Índices para catálogo sistemático:
1. Contos brasileiros

Editora Labrador
Diretor editorial: Daniel Pinsky
Rua Dr. José Elias, 520 — Alto da Lapa
São Paulo/SP — 05083-030
Telefone: +55 (11) 3641-7446
contato@editoralabrador.com.br
www.editoralabrador.com.br
facebook.com/editoralabrador
instagram.com/editoralabrador

A reprodução de qualquer parte desta obra é ilegal e configura uma apropriação indevida dos direitos intelectuais e patrimoniais do autor. A Editora não é responsável pelo conteúdo deste livro. O autor conhece os fatos narrados, pelos quais é responsável, assim como se responsabiliza pelos juízos emitidos. Para preservar a identidade das pessoas envolvidas, o autor trocou os nomes dos personagens.

Para Joana

SUMÁRIO

Prefácio 9
Champagne for Ali Baba 13
Simão 17
Um homem comum 19
Os outros dos outros 23
Naïf 27
De tempos em tempos 31
O pêndulo 35
O homem do *patchouli* 39
A pedra do lobo 43
Amargo pesadelo 47
A dívida 51
Bésame mucho 55
A oração 59
Gambé 63
AF3628 Paris-New York 67
Chicago 71
O pianista 75
Os Alfredos 79
Vuturuna 83
Gaslighting 89
Retroescavadeira 93

Encruzilhada 97
A pitonisa 101
Um sonho 105
Um sino singular 109
Zumbis 113
Bar do Arlindo 117
O jardim das delícias terrenas ... 121
Graças a Deus 125
Generalizações 129
Cruzeiro 131
Conversas estranhas 135
Fokker-50 139
Reminiscencias 145
Doutor Mauricio 147
Arroz de pato 151
Chuvas de verão 153
Tequila Sunrise 155
O jesuíta 163
Uma breve conversa 167
A última 171
Agradecimentos 173

*"A alma não se alimenta de verdades
A alma se alimenta de fantasias."*

Rubem Alves

PREFÁCIO

O leitor que, como eu, se encantou com o livro *O pai de Max Bauer e outros contos* e pediu mais tem agora seu desejo atendido com a publicação de *Vuturuna e outros contos*. Entre os dois volumes, notei continuidades e também diferenças que definem uma visão ampla do mundo com variedade de temas, tons e personagens.

Os contos de *Vuturuna*, alguns com dois ou três parágrafos, revelam como o contista consegue condensar em poucas sentenças, em mínimo espaço, situações que expandem o conhecimento do autor e do leitor sobre o ser humano. Um bom exemplo é *"Reminiscencias"*, que sugere o triste processo de envelhecimento do Dr. Alejandro Gonzalez e sua imensa solidão.

De um pouco mais do que uma página, "A pedra do lobo" ilustra tal poder de síntese na construção de cenários que insinuam o embate entre a fantasia (*um tempo sem medida*) e a realidade (*o tempo do dia a dia*), deixando entrever as profundezas do relacionamento humano.

Como no anterior, o novo volume tem a voz narrativa masculina que observa e revela Antunes, Braga, Paulão, Barbosa, Camacho, Nicola, Arduino, Morato... homens comuns que quase sempre tentam compreender, conquistar e aceitar ou rejeitar o enigma da presença feminina. Mas não apenas.

Existem narrativas sobre o eu e o outro, como em "Os Alfredos": dois colegas de escola se encontram, passados muitos anos; após a conversa hesitante, uma certeza: *Edu se lembrava de coisas de Alfredo que não tinham relação com Alfredo. Tampouco Edu se reconhecia na memória de Alfredo* – uma retificação da imagem seria impossível.

"Encruzilhada", um dos melhores contos do livro, mostra a pungente questão da escolha do caminho a ser percorrido e a angústia do que poderia ter sido. *Paulão estava numa encruzilhada lá atrás, em 1990. Pasmo, iludido. Pensando que poderia ter sido feliz.* No entanto, escolha feita, não se pode voltar no tempo.

Outras narrativas colocam em confronto o tempo do mundo real (espaço urbano, hoje) e o tempo ideal, utópico (o homem era feliz em contato com a natureza, os bichos, o silêncio). Personagens desejam voltar para a simplicidade das casinhas com pomar e horta ou ao campo e floresta com suas cores, aves, cascatas e rios e silêncios. Querem largar o inferno do escritório, a vida da tecnologia, a Faria Lima e o carro.

"*Naïf*", com um título que aponta para a ingenuidade daqueles que deliram e sonham com a paisagem do admirado quadro, é irônico quando descreve a tela com *plantas coloridas, nem uma folha seca, as pessoas felizes dançando no galpão.* A voz narrativa insinua que voltar ao passado histórico ou individual é iludir-se.

Além do tom irônico de "O jardim das delícias terrenas", "O jesuíta" e "Cruzeiro", muitas narrativas do volume têm o dom de sugerir problemas de identidade, de relações entre o homem e a mulher, questões morais e existenciais por meio do humor em linguagem simplesmente simples. "Bar do Arlindo", "Os outros dos outros", "A dívida" e "Zumbis" ilustram o talento do contista no recurso à catarse cômica. Num mundo que perdeu o equilíbrio e mergulhou na inquietude e desesperança, esta é uma valiosa estratégia de sobrevivência. Traço nascente em *Vuturuna e outros contos*, a liberação cômica dá ao leitor a sensação, mesmo que temporária, de bem-estar e prazer. Da mistura do triste com o cômico resulta a multiplicidade de olhares, que aumentou nossa compreensão do que é estar vivo no século XXI.

Profª Dra. Munira Mutran
Professora Associada do Departamento de Letras Modernas da Faculdade de Filosofia, Letras e Ciências Humanas da USP.

CHAMPAGNE FOR ALI BABA

L auro Bento Pimentel, que belo nome. O Lauro é um sujeito vibrante. Puro entusiasmo, energia. Há anos, fomos ao Tijolo's, um bar de Pinheiros. Não era grande coisa, mas tinha um piano aberto aos clientes. Um risco enorme, mas bem resolvido pela casa.

Embaixo de cada mesa havia uma buzina de bicicleta, daquelas antigas, com uma bolota de borracha preta na ponta. Uma buzinada e o artista saía de cena. Essa era a norma da casa, escrita na parede.

Aquela noite, pedimos nosso *red nas pedras* e umas *endívias com tapenade* de azeitonas negras. Uma delícia ensinada pelo Lauro ao dono, amigo dele. A casa estava cheia, imaginei que alguém iria tocar.

Estávamos ali proseando quando o dono, inesperadamente, acomodou duas morenas e seus *proseccos* à nossa mesa: *Vocês se importariam?* Sinalizamos um *claro que não* e elas se sentaram.

Acho que foi pelo belo anel da *mignon* que o Lauro começou a falar de joias, tesouros e logo das *Mil e uma noites*. Mandou bem, o danado. Peguei a deixa e falei de Ali Baba, que, logo esclareci, não era o chefe dos Quarenta Ladrões. A surpresa das duas me estimulou, prossegui.

Ali Baba era um pobretão que descobriu um grupo de ladrões, que guardava o fruto de seus roubos em uma caverna secreta. Para abri-la, bastava dizer as palavras mágicas: "Abre-te, Sésamo!". Em tempo, esclareci: *Sésamo é gergelim, mas não orna dizer "Abre-te, gergelim"*. Vi que agradei com o comentário. Prossegui confiante.

Cassim, rico irmão de Ali Baba, vendo-o próspero, pressionou-o. Ali Baba contou tudo, levou Cassim à caverna e se mandou. Cassim, deslumbrado com o tesouro, esqueceu-se das palavras mágicas e ficou lá, preso com as riquezas. Mais tarde, foi trucidado pelos ladrões. *Ah, a cobiça!* Dramatizei bem, as duas estavam encantadas.

O Lauro estava enciumado, vi pelo olhar. Elas pediram mais duas taças de *prosecco*. *Eu queria mesmo é champanhe*, disse a mais forte. Eu peguei a deixa e explorei a semelhança dos métodos produtivos, as variedades de uva e a singularidade do *terroir*. Falei da região de *Champagne*.

O Lauro sabe que não entendo nada do assunto. Seu olhar dizia: *És um picareta*. Segui falando porque a vida é assim, árdua.

De repente, em um lance de mestre, o Lauro disse que seu cachorro (ele não tem cachorro!) gostava muito de receber um cafuné ouvindo "Champagne for Ali Baba", um *boogie-woogie*. A *mignon* surpreendeu-se: *Champagne for Ali Baba?* Eu também me surpreendi. Muito.

O Lauro falou sobre o cachorro e sobre "Champagne for Ali Baba". Então, serenamente, foi até o piano e estraçalhou. Ele é um craque. E não foi só essa, mandou bala numa fieira de *boogies* pra levantar qualquer defunto.

Contagiadas pela energia e pelo sincopado talento do Lauro, as duas chegaram ao piano. Dançavam para ele! Apesar do meu *fairplay* e sólidas referências éticas, fiquei incomodado. Em consonância com as normas da casa, mandei uma joelhada na buzina e tirei o Lauro de cena.
Aquilo desestabilizou o amigo. Desconcertado, ele empalideceu, encurvou e murchou. Mulher não gosta disso, claro. Evanesceram.
Mais tarde, inquirido pelo amigo, eu disse que não tinha a menor ideia de quem cometera tamanha crueldade. Dizer o quê? Que tocar *boogie-woogie* pra mulher que tomou *prosecco* é covardia? Eu nunca diria isso, poderia soar como inveja.

SIMÃO

O Braga mora num sítio em Santana do Parnaíba com a mulher e dois cachorros. O mais novo é um vira-lata muito simpático. Sem qualquer traço de raça, nem na forma nem na pelagem. O pelo do peito é liso acinzentado. O do lombo é espetado, castanho, manchado de preto.

Os amigos dizem, não na frente do Braga, claro, que o bicho parece uma hiena. Mas o cão é um doce. Um poço de afetividade não carente, o que é excelente também em cachorros. Ele tem disposição para o amor, mas não cobra, não exige. Só assedia o Braga quando fareja chocolate: com o passar dos anos, percebeu que o Braga se dobra a um olhar.

O mais velho, Simão, é um grandalhão meio quadrado, de pelo liso, escuro, tigrado de preto. O latido ocasional vem lá do fundo, coisa de bicho sério. Impõe respeito, não só pela estatura e pelagem, mas pela postura e olhar. Senta nas patas de trás e encara o Braga longamente. Não é um olhar que desafia, pede, interroga, cobra ou suplica. Nada disso. O olhar do Simão é pesado. Perscruta, investiga e diz.

Quando deitado na rede, o Braga retribui o longo olhar, até ficar com a sensação de que por trás daqueles olhos caninos há um ser que o observa intelectualmente; de maneira tão atinada que o Braga passou a baixar o olho ante a poderosa mirada.

O bicho não pisca, fica firme. Olho no olho. Seguro e solene. Em uma fase posterior, o dono começou a achar que aquele olhar cravado pesado se aprofundava: *Braga, você é uma farsa.* Aquilo o incomodava muito, atrapalhava mesmo. A ponto de ele não conseguir, como me diria, se livrar do tal pensamento recorrente. Um dia, eu não o via tinha uns dois anos, ele me convidou para ir ao seu sítio. Contou tudo e me deixou na varanda sozinho com o cão. *Que ideia!*

Eu fiquei ali na rede e não deu outra. O cachorro sentou e me encarou longamente. Com um olhar sereno, penetrante e reflexivo, que se mostrou também conclusivo. Em poucos minutos, dizia claramente que eu era uma farsa. Impiedoso cão!

Chamei o Braga, confirmei o ocorrido e manifestei minha estranheza. Afinal, o Simão o conhecia, mas não a mim. O Braga, desapontado, disse que talvez o cão tivesse não só consciência, capacidade de observação e discernimento, mas também algo de sensitivo. Senti-me ofendido, e não desconversei: *Talvez o Simão diga isso para todo mundo.* O Braga disse que não era para todo mundo, foi só para nós dois. Insistiu que o cachorro operava em outro plano de consciência animal.

Conheço o Braga, é teimoso. A única saída é entrar na dele. Entrei: *Você tem razão, a gente acolhe, alimenta e trata esses bichos para depois ouvir uma grosseria dessas.*

A princípio, eu achava que o Simão não passava de uma fisionomia e um comportamento que induziam à introspecção hipercrítica em ré menor. Mas, não, o Simão sabe das coisas.

UM HOMEM COMUM

É na estrada do Cururuquara, que serpenteia ao pé do Vuturuna, em Santana do Parnaíba, que vive o velho Arduino. Muitos o tomam por sitiante, mas ele é um guru. Certo tipo de guru. Não o clássico. Passa ao largo das escrituras *upanishads*. Não leva ao transcendente nem conduz à vida virtuosa. Ele é um guru de atalhos e picadas. Daí seu sucesso com jovens e, curiosamente, alguns intelectuais franceses que o consideram o *Maître de la Décompression*.

Vive à beira da mata, em casa pequena, cercada por mangueiras, junto a um pasto de poucas vacas. O Arduino é uma figura parda e, dizem, descende do padre Guilherme Pompeu de Almeida, que no século XVIII foi o dono daquelas terras. É um velho índio, tipo solene que impõe respeito. Vive só com a mulher, os cinco filhos adultos só aparecem no fim do mês.

O dia lá no sítio começa cedo. Arduino acorda no escuro, tira leite, dá milho para as galinhas e acende o fogo. Seguidores afirmam que há magia nesse fogo. Depois do café, mexe um pouco na horta, trata o cachorro e só lá pelas sete aparece na porta da frente da casa. Olha a fila calada na porteira e manda entrar o primeiro, que sempre chega assustado.

O filho do Nogueira foi um deles. *Que jovem não se encanta por um velho índio que ouve e orienta?*, perguntou o Nogueira à mulher, quando soube que o filho, um perdidaço na vida, tinha ido ao guru. A mãe, protetora, disse que o menino, antes travado, mudara muito nas últimas semanas. Estava mais alegre e feliz. Não havia dúvida!

O pai, triste, considerou: *Tantos anos de escola, psicopedagoga, orientação e o moleque vai consultar um índio na estrada do Cururuquara?* A esposa, delicada, acrescentou: *Pois é. Quem sabe esse índio não ajuda você também? Vocês são tão parecidos!*

Ajudar como? Foi a primeira vez em vinte anos de casamento que sua pessoa, enaltecida pela seriedade, honradez e competência, foi lida como travada, preocupada e acautelada. Mas Nogueira, maduro, calou-se.

Por fim, foi para a estrada do Cururuquara.

Falou com o índio, ouviu e pagou. Essencialmente, foi isso o que ocorreu naqueles cinquenta minutos. Mas foi duro ouvir o que ouviu.

Na mesma manhã, lá pelas onze horas, Nogueira traçou um sanduíche de *bacon* com gorgonzola na Castelo. Mandou tudo para baixo com um martelinho de Ypióca e foi trabalhar. À tarde, avisou que iria se atrasar e saiu para umas paradas mal resolvidas que tinha deixado para trás. Voltou tarde para casa.

Sem saber bem por que, mergulhou na do índio. *Que coisa impressionante*, pensou.

Com o tempo, foi ficando mais leve, a mulher, mais feliz e mais solta também. Até ficou mais atraente, mais sorridente; começou a se cuidar e Nogueira, claro, chegou mais. Naturalmente aliviaram a pressão no moleque, que então foi alçando voo. Enfim, tudo melhorou.

O velho índio é uma figura excepcional. Encanta estrangeiros, ganha muito dinheiro, mas não sobra nenhum tostão. Vai tudo para os filhos, uma cambada de vagabundos. Fazer o quê? O velho índio sabe é dar palpite na vida dos filhos dos outros. Com os dele não tem jeito. Nisso, somente nisso, ele é um homem comum.

OS OUTROS DOS OUTROS

Eu atendi o telefone e, pela voz, me dei conta de que as coisas não iam bem. Chamar-me para almoçar num japonês em dia de semana? Era estranho. Sugeri o Toyama, ao lado do escritório, onde sempre almoço, e ela concordou.
Eu cheguei na hora, pensei em tomar um saquê. Só pensei. Passaram-se uns vinte minutos, nada de ela aparecer. Mais uns quinze e pedi o saquê. Não dá para esperar meia hora a seco, com certeza. Ela, então, chegou e logo foi dizendo: *As coisas não vão bem, nada bem.* Pegou meu saquê e começou.
O casamento, o segundo dela, ia mal. Disse o que sempre escondera de mim: o marido era um narcisista, cicloide, sensitivo-paranoide, compulsivo e histérico. Discorreu sobre as facetas do pancada e o impacto disso na sua vida, sua psique, sua autoestima. Eu, que já tinha percebido aquilo antes, não abri o bico. Não era hora.
Perguntei se ela dividiria uns *guiozas* comigo. Ela: *Fritura, nem pensar.* Sugeri então uns sushis de salmão. Ela: *É muito calórico.* E começou a chorar. O marido insistia que ela era gorda, justo ela, bem enxuta. Começava a fazer regime, mas

não perdia peso (pois não havia o que perder). Eu, então, pedi *sashimi* de atum e mais saquê. Em plena quarta-feira.
Ela disse que não aguentava mais o inferno. Falou das explosões, das grosserias, das falas tensas, dos silêncios pesados e por aí afora. Estava preocupada com o fim da relação. Não por ela, que não aguentava mais, mas pelo que iriam pensar os parentes e amigos.
Então eu disse que aquilo era uma bobagem sem tamanho. Considerar o que os outros pensam a respeito do que não sabem? Não tem o menor cabimento. Argumentei muito, mas não tive sucesso. Ela repetiu muitas vezes: *O que vão achar de mim?* Escutei tudo com muita aflição. Não dava para interromper. A situação era delicada. Não que ela falasse alto, mas soluçava. A atenção das mesas era para nós. Eu não sabia o que fazer. Nem pegar na mão dela dava, não era assim nossa amizade.
Pedi mais saquê e disse baixinho: *Dá logo um pé na bunda desse psicopata, ninguém está preocupado com o fracasso do seu segundo casamento.* Aí eu errei feio. Ao ouvir *fracasso do seu segundo casamento*, ela chorou mais ainda. Torrencialmente, com soluços. Eu nem sabia que havia um choro assim. Ela enxugava as lágrimas com guardanapos, um lenço e a toalhinha. Os olhares então se voltaram para mim. Definitivamente, eu era o vilão. Malvado, duro e sem coração.
Fui tentando atenuar a cena, mas o choro não parava. Com muito jeito, eu pedi para ela se acalmar, todos estavam pensando que éramos um casal, e que eu era o causador do choro. Ela, então, disse baixo e firme: *Você diz para eu não me preocupar com meus amigos, mas está preocupado com esse povo aí,*

que você nem conhece? Eu disse que era desagradável, só isso. Ela continuou falando e chorando muito. Os olhares de reprovação pesaram mais ainda sobre mim.

De repente, num átimo, tudo mudou. Ela disse alto e claro: *Me perdoa, eu juro, juro por Deus que nunca mais vou para a cama com seu irmão, juro!* Cobriu o rosto com as mãos e continuou soluçando numa mistura riso-choro que só eu percebi.

Aquilo caiu como uma bomba no salão. Todos os olhares se voltaram para ela, a vadia. Eu, num átimo, passei a vítima. Não só isso, passei a corno de quem todos se apiedaram imediatamente. Pior ainda, corno manso, pois continuei ali tentando conter o choro dela.

Aos poucos, ela foi se acalmando e, por fim, pediu desculpas. *Inventei isso para te inocentar,* disse ela.

Desculpei, fazer o quê?

As pessoas foram saindo. Passavam e olhavam para ela como uma muçulmana adúltera, a ponto de apedrejamento. Para mim, olhavam com desprezo e dó. Eu, naturalmente, fui me encolhendo. Por fim, pedi a conta e saímos do restaurante. Jun, o dono do local, na porta, me disse ao ouvido: *Não vacila, larga logo essa vagabunda.* Abatido, concordei.

Eu gosto muito do lugar e da comida, mas nunca mais voltei ao Toyama. Não teve jeito.

NAÏF

Bom amigo, o Morato. Há alguns anos mudou-se para os altos da Lapa, Vila Arcádia, casa 5. Conheço bem o bairro, mas não sabia desse lugar, escondido por detrás da Veloso Pires.

Cheguei num fim de tarde de inverno e a vila estava toda iluminada com lanterninhas juninas. Não mais do que umas dez casinhas em tons diversos de amarelo. As janelas todas coloridas. Ali os carros não entravam; bem se via. As crianças, com suas bochechas coradas, corriam para cá e para lá.

O Morato, alegre, me abraçou à porta e me levou para uma sala ao fundo, junto a uma pequena varanda voltada para sua horta. Enorme, ela ocupava todo o fundo do terreno. Alfaces variadas, pés de couve e tomatinhos. Pimentas biquinho, calena, cumari, dedo-de-moça e umas tantas *habanero* amarelas e alaranjadas. Conheço bem as pimentas. E ainda tinha aipo, couve-flor e repolho. Junto ao muro vi duas morangas, uma enorme abóbora e ramas de chuchu.

Conta aí como vão as coisas, bode velho. Antes ele me chamava de bode, pela barba. Contei como ia minha vida. O quanto estranhei voltar para São Paulo. Ele então falou das mudanças de sua vida. Havia largado a vida de tecnologia, a correria, a Faria Lima e o carro. Continuava firme com a Lilian. Os filhos haviam casado. Contou que gradualmente construiu sua vida de conselheiro. *Conselheiro?*, perguntei. Ele contou que ganhava a vida dando conselhos às pessoas. Jovens e adultos, profissionais e amadores. Consolidou sua reputação de homem equilibrado, culto e maduro.

Tinha seu escritório na casa ao lado, cujo pomar eu via repleto de laranjeiras e mexeriqueiras. Gostei. Vi lá também um pé de uvaia, outro de pitanga. Uma goiabeira. Um pequeno abacateiro coalhado de frutos. Vi carambolas e grandes cachos de banana-da-terra.

Eu não sabia que havia essa profissão. Retomei. *Nem eu*. Confessou ele. Fui ajudando uns vizinhos e depois gente do bairro. A coisa pegou e comecei a cobrar. *Só o que faço é ler e conversar.*

Não atendia drogados, loucos e pirados. Tinha uma clientela de gente distinta, séria. Trabalhava em casa e cuidava da horta, do pomar e das flores à frente da casa. Ficamos ali conversando e, então, ele foi me mostrar seu canto. Que diferença do outro escritório, aquele inferno.

Agora era outro mundo. O assoalho era de tábuas corridas, cumaru. Tapetes em tons de verde e marrom. Uma lareira ao canto aquecia o fim de tarde com os nós de pinho em brasa. As janelas reticuladas de vidro deixavam ver o pomar e, ao fundo, a Cantareira. Sua poltrona era uma *bergère* de couro. Antigo e fosco. O sofá, onde imaginei que se sentassem os aconselhados, era de um estampado florido que puxava para o verde. Ao lado, um cesto grande de palha com uns dicionários. A mesa era de madeira, madeira mesmo, e a cadeira também de madeira, madeira mesmo, com braço. Larga e confortável.

Todas as lâmpadas incandescentes. Na parede, quadros. Uma aquarela de Carmen Aranha, li o nome. Noutra parede uma paisagem rural. E, junto à janela, um *naïf* de Edivaldo, uma cena de vila em festa.

Gostei do *naïf* e me ative ao quadro. No todo e nos detalhes. Ele me viu ali entretido e disse: *Dona Antônia gosta desse lugar.* *Lugar?*, pensei. *Como assim, lugar?*

Ele me contou.

Dona Antônia se encantara com o quadro à primeira vista. Disse que achava aquele lugar lindo e queria saber onde era. Ele resolveu não decepcioná-la e, tanta água assim, disse que era no Vale do Ribeira. Aquilo alentou Dona Antônia, que apenas saía de uma vida infernal. Morrera o ex-marido que a espancava e que, expulso de casa, ficou por perto a vigiá-la, atormentá-la. Ela estava muito feliz com aquela morte. Passara a usar brinco e perfume. Andava toda arrumadinha. Considerava possibilidades.

Foi só falar nisso e Dona Antônia entrou com o café e uns biscoitinhos de polvilho. Quentes, assados na hora. Eu me servi e puxei conversa. *E aí, Dona Antônia, que lugar lindo esse aí!*

Ela discorreu sobre o lugar com entusiasmo. Disse que as portas e janelas das casas estavam todas abertas, decerto por lá não tinha bicho nem ladrão. As luzes todas acesas, decerto por lá não tinha gente triste. E a lua cheia grandona? Não apagava o brilho das estrelas, iluminava o rio, que ficava um espelho. E a lavoura ao fundo? Linda, com as carreiras certinhas da plantação. E o trem passando iluminado? Decerto muito alegre por dentro. E as pessoas felizes dançando no galpão? Sem bêbado, nem briga. E a cor das árvores à noite? Todas as cores, que noite! E esse rio limpinho? As plantas coloridas, nem uma folha seca! E os barcos? Limpos e secos, levando gente arrumada para a festa! Ela seguiu nessa toada.

    O Morato, afundado na sua *bergère* de couro, comia os biscoitos quentes e sorvia seu café. Encantado, ele ouvia Dona Antônia. Eu fiquei ali vendo aqueles dois em delírio. De um lado ela, que acreditava que um lugar daqueles existia. Do outro ele, que vivia num lugar daqueles e não sabia.

    Mas resolvi fechar meu bico. Não sou de quebrar encantos nem fazer revelações. Tomei meu café com os biscoitos, elogiei Dona Antônia e fiquei proseando até Lilian chegar.

    Trocamos umas palavras e logo peguei a estrada. A lua, de fato, apaga as estrelas, é uma pena mesmo.

DE TEMPOS EM TEMPOS

Naquele dia, levantei muito cedo; só para sair da cama mesmo. Tomei um banho, aparei a barba e me vesti. Agasalhado, pois já estávamos no meio do outono.
Na cozinha, meu cachorro esperava. Não sei se por mim ou pelas fatias de queijo que ganha todas as manhãs. Preparei um pão na chapa, passei um café bem forte e comi com ele ali do lado. Dei um jeito na louça e fui para a varanda esperar. Não havia mais o que fazer. Haver, havia, mas nada da mesma importância.
Fiquei deitado na rede, de olho na estrada bem ao longe. Pela poeira, eu veria qualquer movimentação. Os *flamboyants* floridos e alaranjados balançavam com a brisa, e meu cachorro cochilava no capacho à beira da escada.
Não sei se ele adivinha as coisas, nem que coisas, o fato é que, de vez em quando, ele se levantava, andava até a rede e olhava para mim. Não dizia nada, claro, mas pensava, suponho. Eu dava um agrado no cangote dele e ele voltava para o capacho. Foram bem umas três vezes.
Talvez em devaneio ou cochilo, me ausentei um pouco. Minutos. Pensei em ler alguma coisa, mas não estava para

aquilo. Segui de olho no horizonte, nada de poeira, nada de barulho, só a copa dos *flamboyants* ondulando.

Fiquei ali a manhã inteira e nada. Meu cachorro foi dar uma volta e eu fui tomar outro café para acordar um pouco. Belisquei meu queijo, acertei a ração do cachorro e completei a água. Liguei para o meu primo. Voltei para a varanda, fiquei ali encostado na murada e, depois, fui sentar um pouco na escada. Fiquei lá um tempo e, por fim, voltei para a rede.

Continuei de olho na estrada e cochilei, não sei por quanto tempo. Meu cachorro percebeu que eu havia despertado e veio outra vez olhar para mim. Eu não tinha o que dizer e cocei a barriga dele. Ele entendeu.

Levantei, me alonguei um pouco e liguei para uns amigos. Desci até a porteira, um pequeno exercício, e voltei para a rede. Meu cachorro desceu a escada. Não vi para onde foi, deu uma sumida.

Quando começou a escurecer, a pernilongada caiu matando e eu acendi uma espiral, tomei outro café e voltei para a varanda. Meu cachorro estava lá, enrodilhado no capacho. Dei uma cutucada nele, fui vestir uma malha mais grossa e voltei para a rede.

A noite já ia alta quando percebi uma luminosidade ao longe, no horizonte. Aquilo me inquietou. Levantei. Era farol de carro mesmo. Sumia e aparecia; vi que descia a serrinha. Meu cachorro percebeu a movimentação e olhou para mim: já ouvíamos o barulho do motor. Eu disse o nome dela três vezes, ele se agitou muito. Latiu, latiu e disparou escada abaixo. Ficou latindo e pulando, louco, até que eu abri o portão.

Ela chegou alegre e agradou o bicho. Perguntou dele e de mim e eu disse que estávamos muito bem, havíamos sentido falta dela. Ela sorriu e me agradou.

Ajudei a carregar as compras para a cozinha. Ela foi logo pondo água para ferver, fatiava umas azeitonas pretas falando da estrada. Um perigo. Pediu que eu lavasse os tomates e o manjericão. Percebi o carinho naqueles ingredientes e preparei umas torradas com manteiga e orégano.

Abrimos o vinho. Ela estava alegre, feliz por estarmos ali naquele momento. Eu também estava feliz, mas em disfarçada melancolia. Jantamos e fomos para a rede; com a luz apagada, vimos estrelas e conversamos. Cansada, ela dormiu.

Eu não disse nada para ela que estive muito preocupado com a possibilidade de interferências do acaso nos meus desígnios, no meu destino. Não no meu próprio, diretamente. Mas no daqueles poucos aos quais minha vida está agarrada, aos quais estou umbilicalmente ligado. Dos quais afetivamente não posso prescindir. Inclusive meu cachorro.

Naquela época, não atinei bem. Achei que aquilo tinha sido uma febre passageira, mas me enganei. Tem voltado de tempos em tempos, sobretudo nos meses frios.

Pelo que dizem, não há cura para isso.

O PÊNDULO

Às vezes, quando vai para os lados da Paulista, o Abud almoça com Sofia, sua amiga de muitos anos. Daquela vez, ela abriu a conversa, contando que as coisas iam muito bem. Estava feliz.

O Abud perguntou: *Que bom, algum motivo especial?* Ela começou falando do agravamento de sua obsessão em ler tudo o que via pela frente. Não conseguia mais distrair o olhar. Havia uns meses, andando pela Paulista, sem ter o que ler, viu um pequeno cartaz grudado em postes: ADESTRO HOMENS. CAMA, MESA E BANHO. COPA, COZINHA E SALÃO. MARIANA 99243-4463.

Ela, que estava cansada de puxar pesada carroça no casamento, foi pensando naquilo e no marido, um tremendo folgado. *Quem sabe as coisas poderiam mudar*, disse Sofia. Deixou mensagem no celular da tal Mariana, que então retornou, perguntando se ela sabia a diferença entre educar e adestrar. Ela disse que não.

A mulher resolveu a questão na hora: *Se falassem de educação sexual para os seus filhos, a senhora aceitaria?* Ela disse que sim. *Se falassem em adestramento sexual, a senhora aceitaria?* Ela respondeu: *OK, já entendi.*

Mariana disse que em doze sessões adestraria o marido dela. *Não existe educar homem nessa idade, é adestramento mesmo*. Deixaria o marido dela uma seda. Arrumando cama, colocando mesa, pendurando toalhas, passando roupa. Negócio abrangente. Cozinharia arroz, feijão, bife e batatinha. Nada dessa frescura de *filet au poivre vert* para os amigos no fim de semana.

Ademais, ele abriria porta de carro, atenderia telefone, arrumaria a sala e levaria criança em casa de amigo. Quanto à cama, disse que não era só aprender a arrumar. Aprenderia tudo, inclusive a "reversa de Malman". Concluiu: *Se a senhora conseguir trazê-lo aqui, em seis semanas devolvo o bicho adestrado. Um poodle de circo, desses que andam em duas patas, saltam e cumprimentam no tamborete. Preço? Promoção a R$ 3.000, metade no início e o restante na aprovação dos resultados.* Sofia me contou, enfática, que achou aquilo um absurdo, mas absurdo maior era a vida que levava. Estava na hora de resolver a parada.

Quando o encontrou em casa, foi logo falando do adestramento ao marido. Ele empalideceu. Depois gelou, quando ela chegou junto: *Não tem conversa, não aguento mais carregar o piano sozinha. Ou você vai para o adestramento ou nós vamos ter surpresas aqui, grandes surpresas. O nós*, comentou Sofia, *queria dizer você, claro.*

Como ele não queria grandes surpresas na vida, aquiesceu. Logo entrou em adestramento. Seis semanas depois estava uma seda. Arroz soltinho, batata sequinha, bife à milanesa fininho. Arrumava a cama, colocava a mesa, buscava criança. Até atendia o telefone. Um *poodle*.

Abud, admirado, ouviu tudo aquilo e, curioso que é, perguntou o que era a tal da "reversa de Malman". Ela desconversou, dizendo que era um lance aí meio diferente e ficou por isso mesmo.

Um ano depois, encontraram-se novamente, e ela disse que continuava muito feliz. Havia sido uma luta levar o marido para o reforço semestral, mas no final tudo tinha dado certo. *Ele agora faz tudo, tudo!*, exclamou, levantando os braços aos céus.

O Abud inferiu que ela não fazia mais nada, nada. Mas não foi louco de abrir o bico. Ficou ali sorrindo, partilhando da felicidade da amiga.

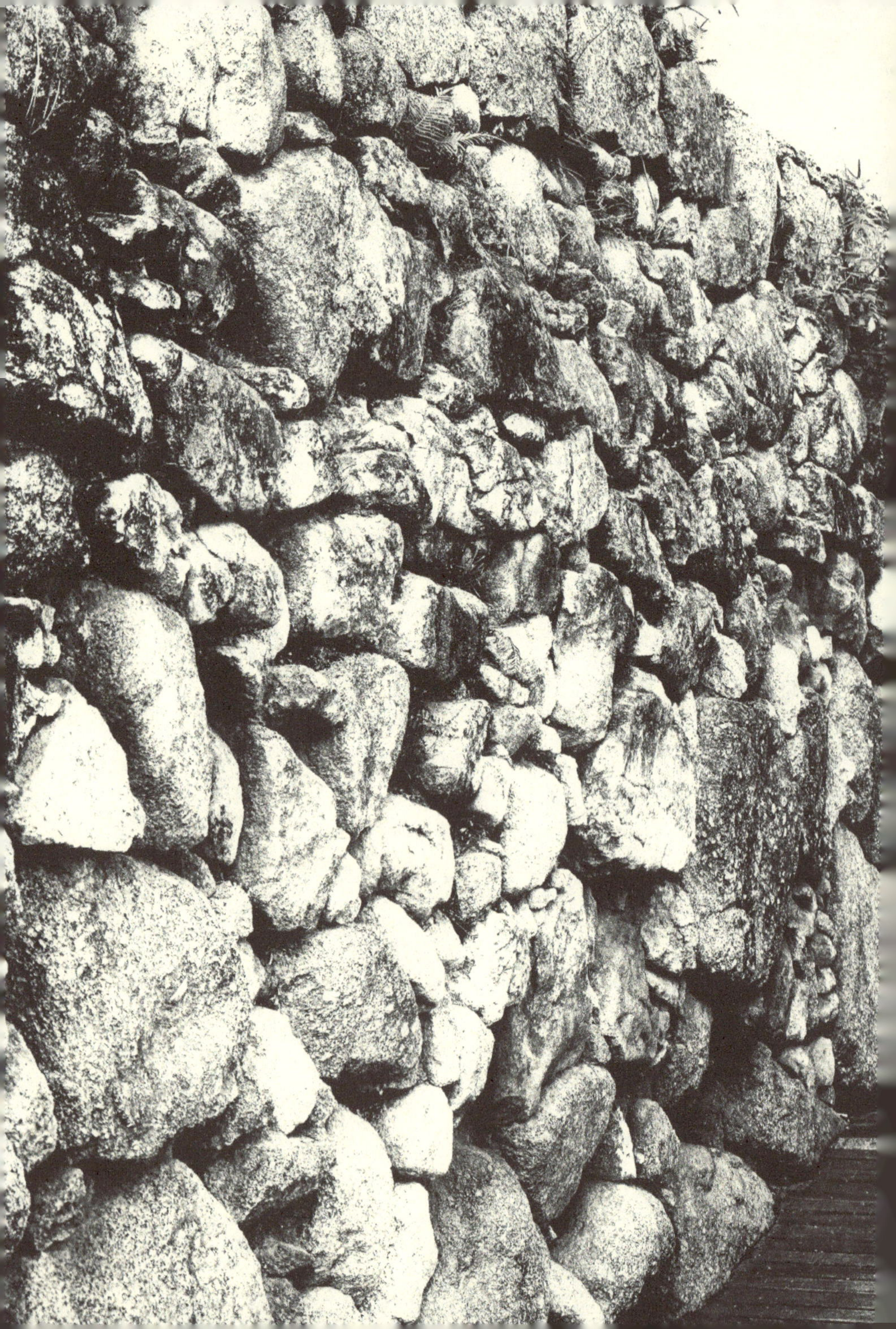

O HOMEM DO PATCHOULI

O Barbosa sempre teve algum sucesso com mulheres. Não por beleza, cabeça ou dinheiro, mas por gostar de dançar, o que é muito raro entre homens. No Clube Piratininga, ele sempre dança com uma, depois com outra e mais outra, e assim vai noite adentro. No fim da noite dançou com uma fieira delas, nunca de mesas próximas.

Além de dançar bem, ele conduz bem, e elas, assim, dançam melhor. Sentem-se melhor. Ele vai sem carro e sempre acaba pegando carona com algumas delas. É esse seu jeito discreto de ser.

No final de 2019, o Barbosa foi para a Chapada dos Veadeiros em caminhada com amigos de Brasília. Passou a noite do Ano-Novo em Alto Paraíso, vendo estrelas e esperando extraterrestres, muito comuns na região.

Na volta, em Cristalina, topou com um viveiro de plantas à beira da estrada e encostou a picape. Ele sempre traz umas novidades de suas viagens.

Foi andando em meio às mudas e se interessou por um arbustinho sem-vergonha. A dona do viveiro, uma morena alta, maior que ele, disse que era *patchouli*. Ele nunca vira a planta *patchouli*. Só conhecia a essência, os incensos, as loções e os perfumes, sempre associados à sensualidade.

A mulher amassou umas folhas na mão e ofereceu para ele cheirar. Explicou que extrair a essência do *patchouli* era complicado, mas que ela, por exemplo, passava sua roupa de baixo com folhas de *patchouli*.

Aquelas palavras fisgaram o Barbosa. Com o olho brilhando, ele seguiu conversando até o anoitecer. Acabou ficando por lá. Quando acordou, sua roupa já estava lavada, secando no varal. Antes do meio-dia, a mulher passou as cuecas dele com folhas de *patchouli* e serviu o almoço. No que ele fechou a mochila, ela ajeitou as mudas na caçamba e empurrou o Barbosa para a estrada. Sabe-se lá por quê.

A partir daí ele passou a usar cuecas passadas com *patchouli*, sua homenagem à goiana. Um tributo que lhe trouxe paz e serenidade. Para seu entorno também.

No Piratininga, teve ainda mais sucesso com as mulheres, sobretudo com as maduras. Criou reputação. Todas sabiam quem era o "homem do *patchouli*". Conversa e dança. Vai sem carro e volta de carona.

Com o tempo, suas parceiras foram se conhecendo, conversando e, por fim, sentavam-se todas à mesma mesa. Eram as sete do Barbosa. E ele ali no meio, sempre alegre. Conversando e dançando.

Não tardou muito para os outros começarem a falar mal daquele arranjo. As línguas ferinas diziam que ele usava as sete. Os homens diziam que ele era usado pelas sete. Incomodava aquele jeito alegre e divertido que os oito encontraram para viver. Talvez até por inveja, deitaram a falar mal deles. E muito.

As sete, que em comum só tinham o Barbosa, amedrontadas, foram se espalhando pelo salão. Foram se afastando, disfarçando. Deram um gelo no Barbosa. Uma tristeza.

O Barbosa, que gostava delas, foi perdendo a confiança. Foi minguando. Por fim, desencanou e sumiu na poeira.

Até hoje elas estão lá, à espera de um homem que converse, não reclame, seja alegre e dance. Às vezes conversam umas com as outras e há consenso. Se já é difícil encontrar um homem que preste, imagine sete.

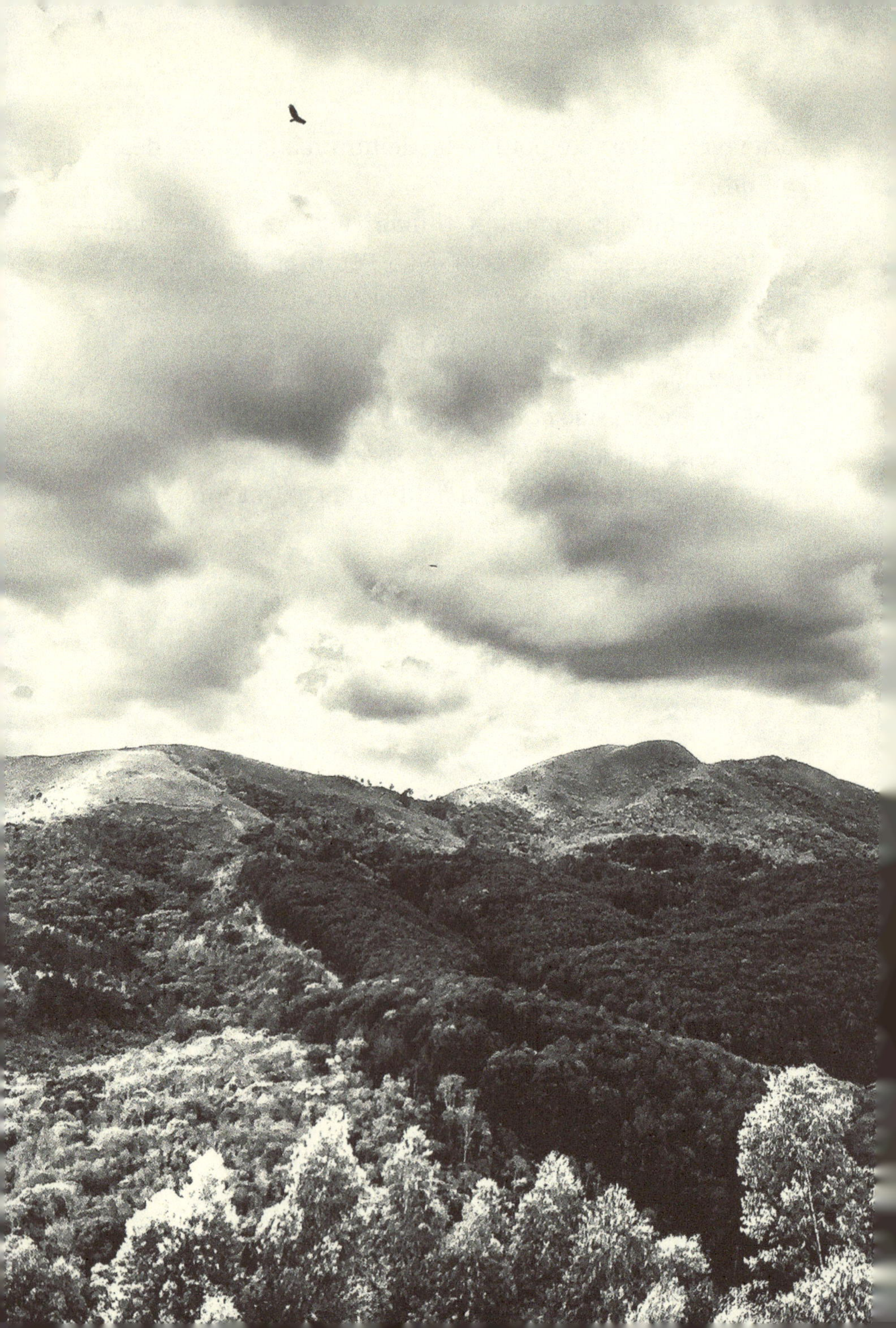

A PEDRA DO LOBO

Eles se deitaram numa nesga de grama em meio à enorme laje de pedra. Com os braços cruzados atrás, ficaram ali a tarde toda, vendo as nuvens passarem. Ela, extasiada nas alturas, identificava formas nas nuvens e sorria. Ele, encantado, deixou-se levar pela fantasia. Ela via leões e carneiros. *Há sempre carneiros*, disse ela. E assim ficaram por um tempo sem medida.

Mas, então, vieram nuvens enroladas de escuro. Prenúncio de chuva. O vento foi desmanchando as nuvens. Vieram outras ainda mais escuras e logo trovoadas e alguns lampejos. Ele se deu conta do efêmero. Ela falou para descerem, pois era perigoso ficar ali no alto.

Ele, por ele, ficaria lá. Seria carbonizado pelos raios, encharcado pelas águas e drenado morro abaixo. Mas aquiesceu. Desceram molhados e apaixonados. Aquela coisa das nuvens.

Em poucos meses, foram morar juntos. Nas viagens, ia sempre ele ao volante e ela com os olhos nas nuvens e nas montanhas. Descobria formas, faces e animais. Com o tempo, passou a ver coisas nos fundos das xícaras de café, nas torradas e nas poças d'água. Via pessoas e animais.

E então, quando vieram os filhos, três, ela passou a ver coisas nas fraldas.

Fraldas sujas não têm a beleza das nuvens e das rochas, considerou o Noronha. Ela disse que não era questão de Beleza, eram sinais. Ele estranhou.

Se os padrões que ela antes via nas nuvens o encantavam, os que vinham das fraldas o assustavam. E, quando ela passou a ver números nas músicas, ele teve medo. Anteviu encrenca.

Dito e feito, ela passou a tomar decisões com base nos números e logo começou a jogar com o dinheiro que herdara da mãe, guardado para a educação dos filhos. Jogava escondido.

Perdeu tudo no bingo e no bicho. Perdeu as calças. E não foram só as próprias. Também as dele foram embora numa enxurrada de boletos, promissórias e faturas. Um horror.

Não havia mais diálogo, e ela, na bancarrota, deu para fumar e beber. Entornava como gente grande. Ademais, foram surgindo as alucinações e um assustador discurso desorganizado. Ele não via saída.

Em janeiro de 2007, ele consultou amigos, um psicólogo, um médico e um advogado. Havia consenso: a mulher estava louca. Se ele não pulasse fora do barco, iriam os cinco juntos para o abismo. Ele não podia pensar em pular fora. Deixar seus pequenos naquele inferno? Nem pensar. Havia de negociar uma solução.

Cuidadosamente, aproximou-se mais dela e tentava caminhos, buscava soluções. De lá e de cá, com muito jeito, tentou salvar os filhos. Ela, para escapar do iminente abandono, se agarrava às crianças, valiosos reféns.

Ele logo viu que daquele mato não saía coelho. Pragmático e sempre positivo, decidiu reduzir a tragédia a drama. Levou tempo e precisou de muita coragem, mas conseguiu. Salvou as crianças.

Em julho, ele voltou ao mesmo advogado para abrir inventário da finada esposa. Havia testamento, mas nenhum bem. É coisa rápida, disse ele. O advogado, surpreso, expressou seu pesar e perguntou o que acontecera. Ele falou do terrível acidente na Pedra do Lobo, no Parque Nacional do Itatiaia.

O advogado meneou a cabeça e pediu uns papéis. Não falou mais nada. Falar o quê?

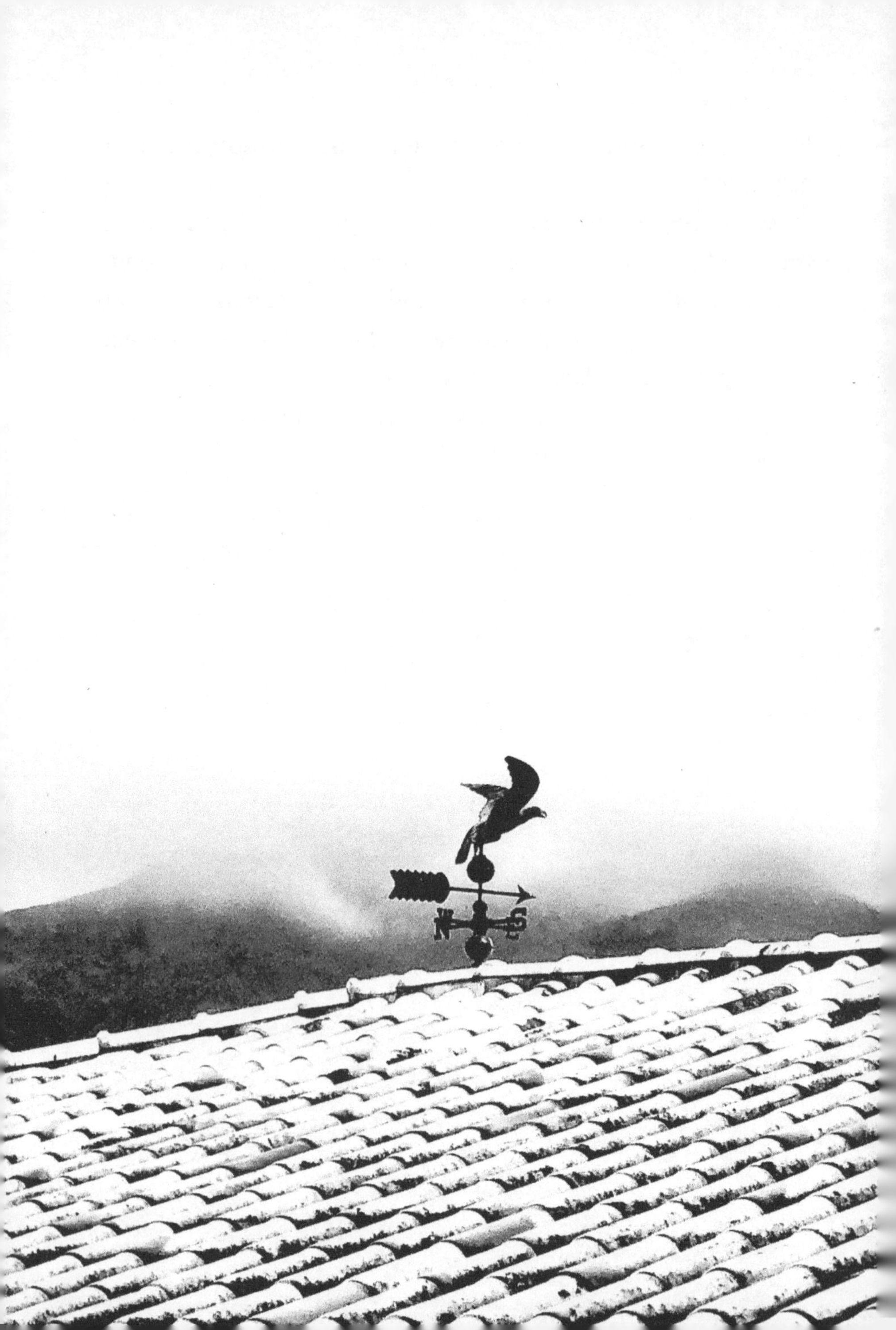
N
S

AMARGO PESADELO

O Fonseca Telles, que faz a divisa entre Acre e Rondônia, é um rio singular. Nasce na Serra dos Macacos e deságua no Abunã, depois de uns 200 quilômetros cortando a mata e áreas desertificadas. Por insistência do Eurico, foi essa a remada escolhida. Éramos cinco, partimos de São Paulo em um sábado.

Foram exatos 3.147 quilômetros, bem rodados em quatro dias. Chegamos na noite de terça, exaustos. Um *hotelito-de-mierda* era a única alternativa. Estava por lá um tal de Jack Bazzoli, assistente do Quentin Tarantino. Uma figura sinistra, mas conversável. Disse que colhia ideias na fronteira. Juntos bebemos *chicha*, que não é para frescos, e traçamos um *chicharrón de cerdo*, que não é para os fracos.

Saímos às sete, em meio a uma nuvem de mosquitos da pocilga junto ao rio. Uma lambança dos diabos. Mas, em instantes, tudo mudou. Mata, rio e pássaros. Na água cristalina, os curimbatás. Algumas pequenas praias e pegadas de animais. Avistamos muitas ariranhas. Só no quinto dia de rio chegamos à região desértica do Marembepe. Ao entardecer, encontramos uma praia rasa, ao pé de um barranco alto. Montamos as barracas e assamos uns curimbatás. O Eurico montou um varal para nossa tralha secar.

Estávamos lá, proseando, quando chegaram dois jagunços em seus cavalos resfolegantes. A roupa deles era de um couro surrado e, pelo brilho na cintura, vi que estavam armados. Um cavalo era tordilho, branco na noite de lua. O outro era preto de tudo, uma silhueta.

Desceram pelo barranco levantando uma nuvem de areia e arrancaram o varal que o Eurico, generoso, montara para o grupo. O Eurico ficou *puto-nas-calças* e gritou: *Ô meu, aonde vai?* O tordilho gritou: *Shut your big fucking mouth!*

Eu me assustei com o jagunço falando inglês, claro. Mas o Eurico não vacilou e mandou: *You talking to me? Who the fuck you think you're talking to?* Depois, me contou que lembrara essa fala do De Niro em *Taxi driver*.

O jagunço gritou para ele: *Tira as calça e fica de quatro já!* E mandou três tiros junto ao pé do amigo. O Eurico logo viu quem tinha o Zap. Inteligente, ficou de quatro e suplicou: *Ô meu, para com isso!*

O jagunço então perguntou, em espanhol, se ele tinha assistido a *Amargo pesadelo*. O Eurico, ainda de quatro, poliglota e respeitoso, disse: *Sí, ¿como no?*

Aí, perguntaram se ele conhecia o destino do personagem gordinho do filme. O Eurico disse que sim e aí veio o momento tenso. O jagunço perguntou qual era o nome do personagem gordinho, do ator e sua data de nascimento. Eu pensei comigo: *Agora, o Eurico está fodido.*

O Eurico pediu *un segundito* e, de quatro ainda, mandou: *Bobby Trippe*, ator *Thomas Beatty*, nascido em 8 de junho de 1937. Caceta! Já me haviam dito que o medo opera milagres na memória, mas eu fiquei impressionadíssimo com o lance de mestre. Os jagunços também e resolveram perdoá-lo. Que fosse para a barraca, de quatro, e deixasse tudo limpo no dia seguinte.

O Eurico, não sei por que, agradeceu em inglês: *You guys are so sweet, thank you very much!* Quem seriam aqueles caras? De onde vieram? Que falassem espanhol é razoável, mas e o inglês? Como conheciam *Amargo pesadelo*? Não houve consenso. Nós dormimos muito mal aquela noite. O Eurico não pregou o olho.

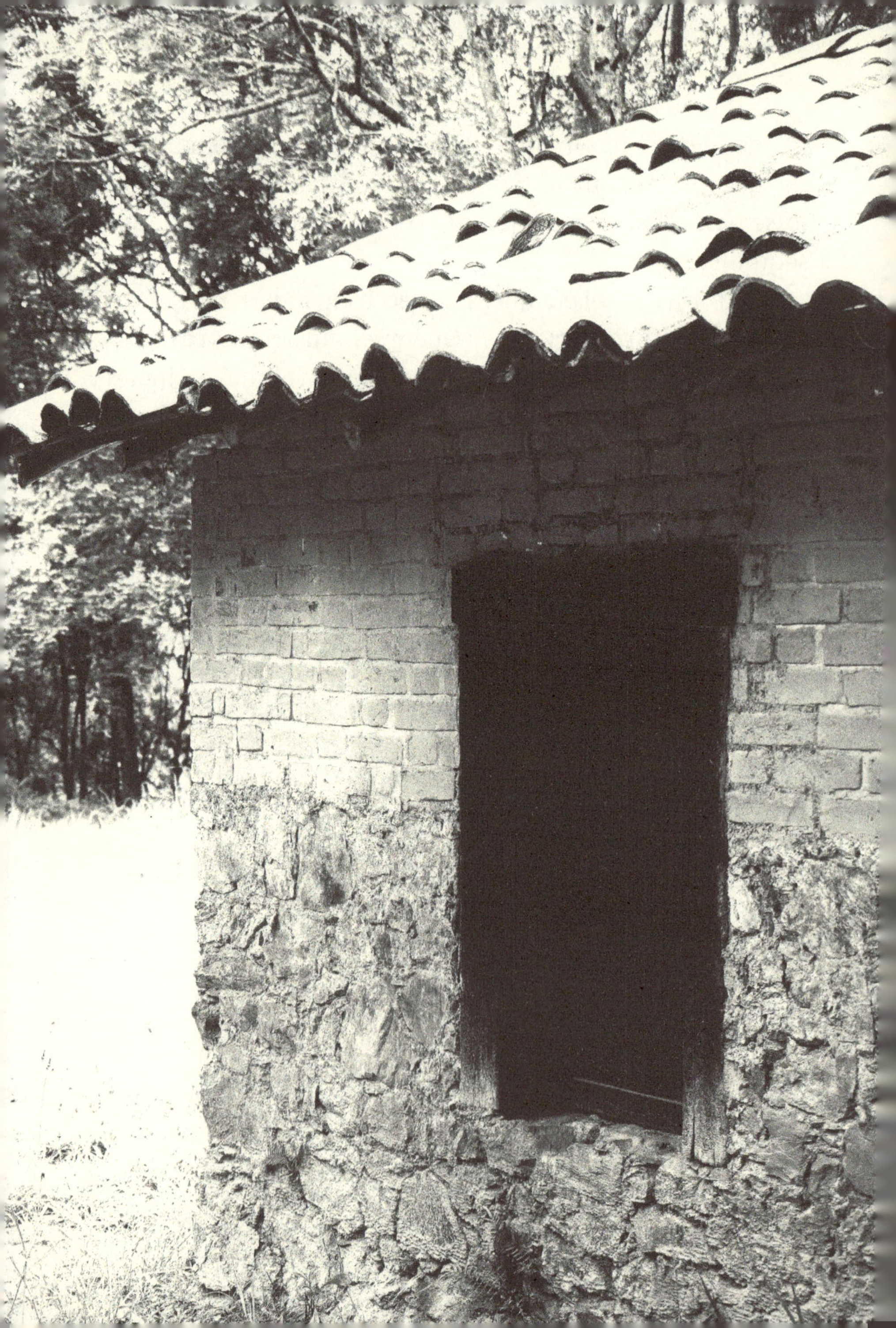

A DÍVIDA

Não é qualquer salão que tem uma mesa de sinuca Brunswick oficial. No bilhar do Gilmar, em Santana do Parnaíba, havia uma única. Deixada lá por um chileno rico de Aldeia da Serra. O Gilmar entendia aquilo como uma doação, a mesa estava lá há cinco anos.

Eu e o Camacho, meu vizinho de sítio, jogávamos às quintas e sempre encontrávamos o chileno. Vez por outra fazíamos um torneio internacional com ele e seus companheiros.

O Camacho tem um taco John Parris, de freixo na haste e ébano na parte posterior. É seu taco de fé, do qual jamais se afasta. O meu também é bom, feito de goiabão por um sujeito do Xaxim, em Curitiba.

O Camacho encaçapa melhor do que eu. É atacante nato, ousado e agressivo. Já o meu jogo é defensivo, estratégico. Obstruo, induzo ao erro. Somos os tipos clássicos de jogador. Nos equilibramos. Há alguns anos, tivemos uma tremenda surpresa.

Descobrimos pelos jornais que nosso companheiro chileno era, na verdade, o colombiano Juan Carlos Ramírez Abadía, imperador do tráfico colombiano, que vivia recluso em Aldeia da Serra. Foi um susto dos diabos. O Gilmar gelou, tinha a mesa do traficante ali no salão dele. Talvez fôssemos o único contato do Abadía com o mundo real. Os tais patrícios dele certamente eram seguranças.

O Gilmar entrou em pânico, queria ir à polícia. Logo o demovemos da ideia: apanharia, seria preso ou achacado. Na melhor das hipóteses, se enroscaria em sinistro processo judicial. Dar sumiço na mesa parecia ser a melhor solução.

O Camacho, que tem bala, fez uma oferta decente ao Gilmar, tratamos um carreto e, numa tarde de sábado, levamos a Brunswick para o sítio dele. Ficou uma beleza na varanda. Acautelados, nos afastamos do salão do Gilmar. Passamos a jogar nosso Bola Oito às sextas no sítio dele. Sempre uma melhor de sete.

O Camacho prendia os cachorros para que tivéssemos paz. Ficava conosco apenas um filhote de vira-lata que não podia ser preso com os outros cachorros, machos também. O filhote ficava por ali mordiscando nossa perna, puxando o fio do sapato, pulando na perna, dando uns latidos, correndo pela grama, cavando a terra e sujando o piso, claro. Atrapalhava o jogo. Não parava o danado.

Há sempre felicidade naquele mundo chão. Nem passa pela cabeça dele o que se desenrola acima, no feltro verde. Não sabe das bolas, tacos, tabelas e regras. Não sabe das sinucas, das intenções de cada um de nós, das dúvidas, dos riscos, dos erros e dos enganos.

Ele pensa que estamos voltados apenas para ele, imagino. Ele não vê o que acontece no plano superior. Mesmo que visse, não entenderia. Foi essa minha singela reflexão enquanto esperava a vez de jogar.

O Camacho ouviu aquilo muito quieto. Depois disse que assim são os filhos. Não veem, não enxergam e não sabem das emoções e aspirações dos pais. Sequer suspeitam de seus desejos, amores, segredos e temores. Nem sequer aventam a possibilidade de drama.

Pensei bastante naquilo, mas preferi me calar. Encaçapei a sete no meio e matei a oito no fundo. Fechamos a jornada e fui para casa, com o peito apertado. Possivelmente, por dívida antiga que não mais posso pagar.

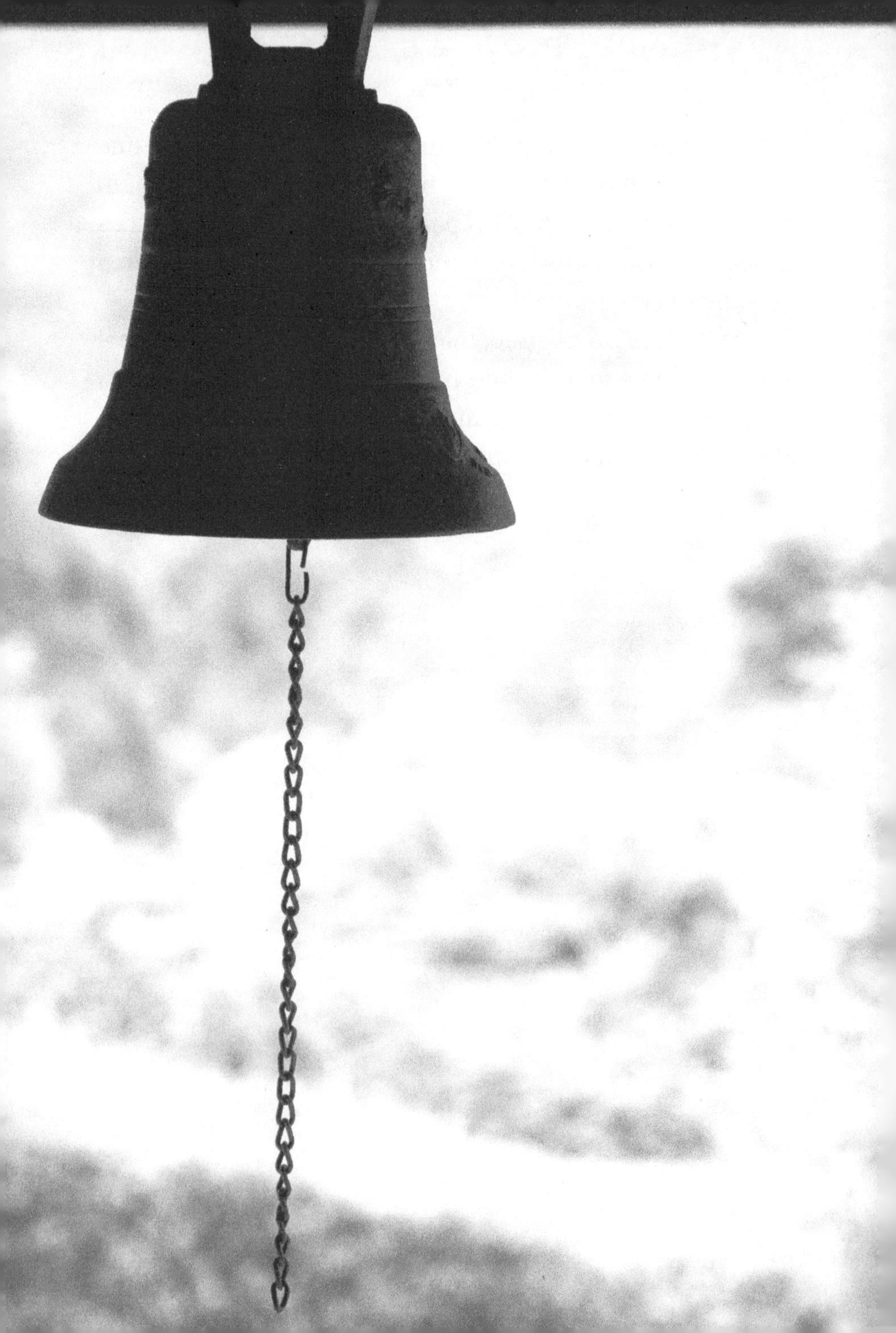

BÉSAME MUCHO

N as madrugadas das terças e sextas, a Vila Leopoldina é invadida por produtores de mudas, plantas, árvores e flores. E também por paisagistas, floristas e decoradores. Do lado dos produtores, preponderam homens de ascendência japonesa. Do lado dos consumidores, não se sabe por que, mulheres de ascendência italiana.

Em meio a esses agentes do mercado circulam, céleres e loquazes, os carregadores. Há também carrinhos de bolos e doces, e as barracas de sanduíche no estacionamento.

Tudo começa à meia-noite da véspera e vai esquentar lá pelas quatro da madrugada. Às sete, oito, quando chegam os amadores, o melhor da festa já foi. O ambiente é verde e florido e, por entre os boxes, se encontra gente que cheira a terra, sabe de plantas e irradia vigor. É gente que vem de longe. Gente com pegada, gente animada.

Nesse ambiente fervilhante, desponta a barraca do Adalmiro, que serve o melhor X-calabresa da madrugada, acompanhado de café preto na caneca. É um bom começo de dia. Sobretudo porque o Adalmiro adorna esse vigoroso desjejum com músicas que dizem ao coração. Músicas que agradam e inspiram. Preponderam os boleros.

No dia 18 de agosto de 2018, a Lua Nova, delicada casquinha, estava sobre Betelgeuse, a avermelhada estrela de Oríon. Tudo isso dependurado num prenúncio de alvorecer. Nessas circunstâncias o Adalmiro tocou "Bésame mucho". Pode ter sido o quadro celeste. Pode ter sido o aroma mesclado de calabresa e café que supostamente desperta a libido. Não se sabe bem a razão, o fato é que o Saburo, dos cactos e suculentas, num impulso, tirou dona Gilda para dançar. Ela, simpática florista, ficou encantada. Dançaram, por que não? Foi uma única música, dançada com muita graça e humor. Outros dançaram depois, a madrugada era linda.

Assim, o Saburo criou essa possibilidade que perdura até hoje nas madrugadas do Ceasa. Começa lá pelas cinco e termina com o raiar do dia. Dançam os produtores com as floristas e paisagistas. Não são muitos, não. A um só tempo, não se vê mais que seis, sete casais dançando no asfalto. Dançam umas três músicas, no máximo. As mulheres dançam mais porque seus maridos não dançam. E os homens, porque só veem graça em dançar com a mulher dos outros. As mulheres não falam dessas coisas a seus maridos. Os homens não abrem o bico com suas mulheres. É um segredo bem guardado.

Às vezes, pinta um clima, emerge uma vontade, brota um desejo. As coisas, então, se resolvem por ali mesmo. Na caçamba de uma picape ou na cabine de um caminhão. De maneira sempre discreta e ligeira. Exatamente como na histórica picotada que sucedeu à dança inaugural de 2018. E assim seguem as madrugadas das terças e sextas na Vila Leopoldina.

Inspiradas por um produtor rural de Mogi das Cruzes. Saburo Shimasaki, essa alma espontânea e boa que criou o mais improvável recanto romântico da madrugada paulistana. Um lugar de gente sóbria, trabalhadora e séria que, é bem verdade, às vezes se permite uns pequenos deslizes.

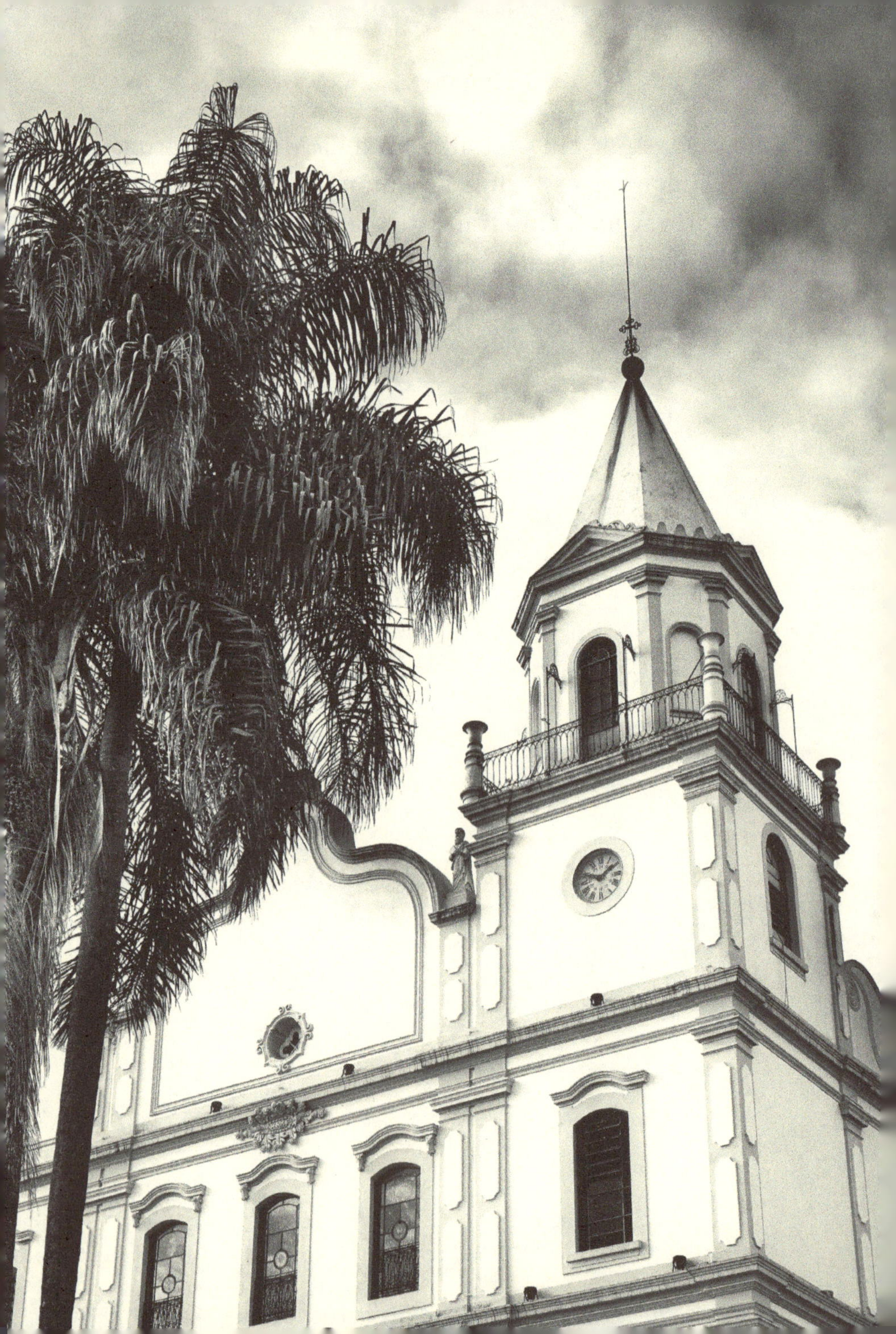

A ORAÇÃO

Gabriel, lá pelos seus 20 anos, andava perdido. Como muitos, viu uma luz nos livros do Carlos Castañeda, o guru *new age*. Abriam um mundo de caminhos mágicos, realidades alternativas, revelações, xamãs, drogas alucinógenas e tudo mais. Ele mergulhou de cabeça naquilo e, após três anos de experimentações e reflexões, julgava-se feiticeiro ou um xamã com poderes especiais.

Certa feita, num pós-chuva em Barão de Mauá, colheu *cogumelos-em-bosta-de-vaca* e preparou sua cabocla infusão alucinógena. Talvez tenha sido a psique da vaca geradora, o fato é que a beberagem pegou o artista no contrapé. Resultaram alucinações horrorosas e convulsões. Um pesadelo que só teve fim dois dias depois, com uma moça enxaguando seu rosto no riacho. Essa moça era a Lu, que, também perdida, se abrigava na ioga, na medicina ayurvédica, na meditação e numa profusão de mantras.

Aquele encontro – uma sincronicidade – entrelaçou seus destinos. Não tiveram filhos, mas sim uma paixão substituta: o futebol. Ele gostava da bola, do drible e do gol. Ela das movimentações, dos posicionamentos e da ocupação dos espaços. Por isso, iam sempre ao campo.

Biel se irritava um pouco com as manias dela. Só entrar por portão ímpar, nunca sair antes do juiz, contar até onze antes de pênalti, coisa e tal. Não era só superstição, percebeu. Muitos anos mais tarde, no 4 de maio de 2012, Gabriel teve seu segundo grande pesadelo. Já tarde da noite, ela saía do ateliê, quando o convidou para traçar a feijoada do judeu, na Alameda Barros. Não podia dizer não. O russo preparava a feijoada de véspera e começava a servir na sexta mesmo. A batida era ordenhada livremente de um *samovar* e o torresmo servido em ninhos de couve crocante. *Feijoada à noite? Por que não?*

A resposta veio naquela madrugada mesmo. Os feijões, os torresmos, as bistecas, a carne seca, o paio e as linguiças se amalgamaram em seu estômago. *Ah, a batida fácil do samovar!* O organismo dele lutou desesperadamente noite adentro.

A Lu acordou assustada com as convulsões. Ele dava chutes, muitos chutes, e grunhia. Ela foi chacoalhando o Biel, usando toalha molhada até ele recobrar a consciência. Para horror dela, inesperadamente ele anunciou: *O Brasil vai perder a final de 2014 para a Argentina no Maracanã, eu vi!*

Gente assim se impressiona muito com essas coisas. A Lu ficou desesperada. Foi um pererecô! Depois, aos poucos, se acalmaram. Interpretaram o fenômeno, confabularam e, por fim, integraram competências. A solução foi fundamentada no cristianismo do país, nos poderes do Biel, nos mantras da Lu e, claro, em seus traços obsessivo-compulsivos. Na posição de lótus, madrugada adentro, recitaram 2014 vezes o mantra-oração *Zelai por nós, só por nós, ó Senhor!* e foram dormir acalmados.

E, assim, espalharam o poderoso ritual, para reverter o horripilante desígnio. À luz do incomensurável benefício, arrebanharam muitos seguidores em suas tribos.

No fim deu certo. Essas coisas funcionam.

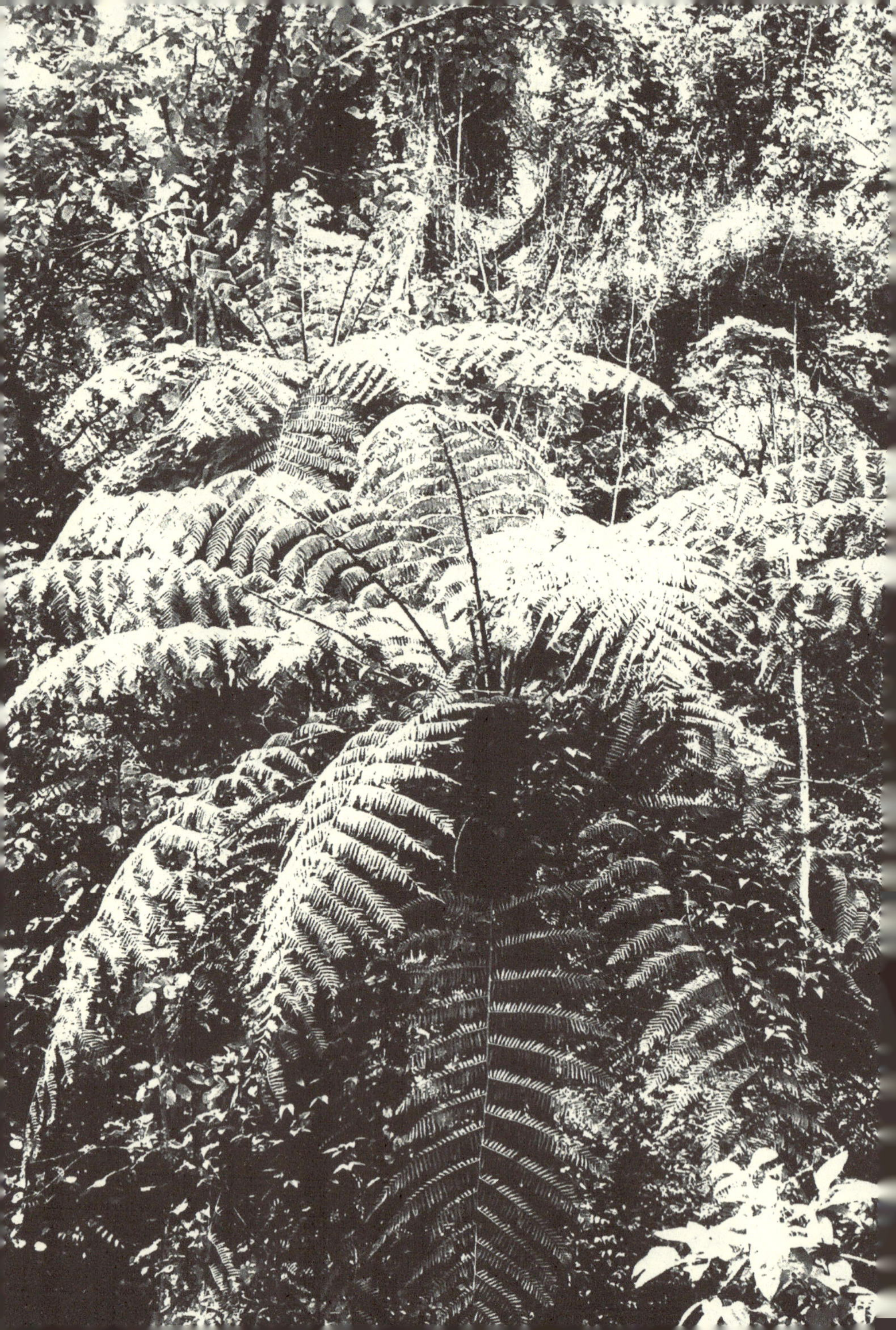

GAMBÉ

Há muitos anos, nos meus 12, participei de uma caçada no Mato Grosso, às margens do Rio Pardo, junto ao Porto XV. Meu avô organizava essas expedições, às quais se juntavam seus companheiros de Bauru e Assis. Eu sabia dessa aventura desde pequeno e sempre quis ir, mas só aos 12 – por que tão tarde? – fui convidado. Fiquei honrado, ganhei uma arma e fui instruído. Uma única vez.

A viagem foi de trem, com tralha monumental. Armas, munição e barracas. Panelas, facas e foices. Enxada e enxadão. Varas, linhas, chumbadas e lampiões. Caixotes enormes e grossas lonas. Acompanhei a preparação, todo o carregamento. Uma coisa impressionante.

Em Porto Epitácio, encontramos a gente animada de Assis. Com eles, seu Michele, o cozinheiro. Eu não sabia que existia cozinheiro. Seu Michele, logo vi, era respeitado não só pelo que fazia às panelas, mas por seu passado, que na época não entendi. Guardo a imagem de seu rosto magro, moreno, queimado, vincado, coberto por uma enorme cabeleira branca.

O velhinho sempre ria para baixo quando falavam de suas façanhas. Eu não entendia nada. Volante? Gambé? Tenente Galinha? Ria também das perguntas que eu fazia quando, em meio ao fumo e à cachaça, a conversa dos caçadores pegava fogo.

Com meu avô, aprendi a atirar de carabina. Com seu Michele, de garrucha, com o dedo junto ao cano, apontando. Chamuscava sempre. Certo dia, estávamos no rio e vimos um corpo descendo de bruços na correnteza. Meu avô foi até lá, revirou o corpo e disse que tinha as mãos decepadas, era ladrão. Seguiria rio abaixo, para as piranhas. Eu fiquei impressionado com o diagnóstico e mais ainda com a decisão.

Anos mais tarde, vim a saber da Volante ou Captura. Era uma tropa da Força Pública que corria o sertão à caça de ladrões e outros fora da lei. *Lei?* Havia a lei, mas não se fazia a justiça. A Volante não era uma tropa qualquer, era violenta. Era esperada ansiosamente nas cidades atazanadas por bandidos. Mas era temida também. Passavam da conta. Abusavam. A tropa era comandada por João Antônio de Oliveira, o tal Tenente Galinha. Junto a ele, Boca de Fogo, Serelepe, Manoel do Saco, Cuiabano, Isidoro, Gambé e mais uns poucos. Não chegavam a dez. Marcaram o fim do século XIX em São Paulo.

Seu Michele, depois eu soube, era o tal Gambé, corruptela de gambérria: armadilha, trapaça. Como associar aquele bom velhinho à armadilha?

O Tenente Galinha — e Gambé junto — andou pelo sertão fazendo justiça com as próprias mãos, pautado por um código moral. À semelhança dos louvados *caballeros justicieros*, dos samurais, de certos *cowboys* e outros tantos justiceiros errantes do mundo. Inclusive o Batman, dos dias de hoje.

Talvez eu deva ter orgulho de estar ligado a essa história, mas hesito. Talvez porque justiceiros somente existam em meio à barbárie. Talvez porque nossos justiceiros não tenham sido mitificados como foram os *cowboys* e os samurais.

O mais provável, entretanto, é que meu problema seja mesmo com o nome Galinha. Não orna para justiceiro, nem mesmo em faroeste. Lieutenant Chicken é uma impossibilidade. Até mesmo para Clint Eastwood.

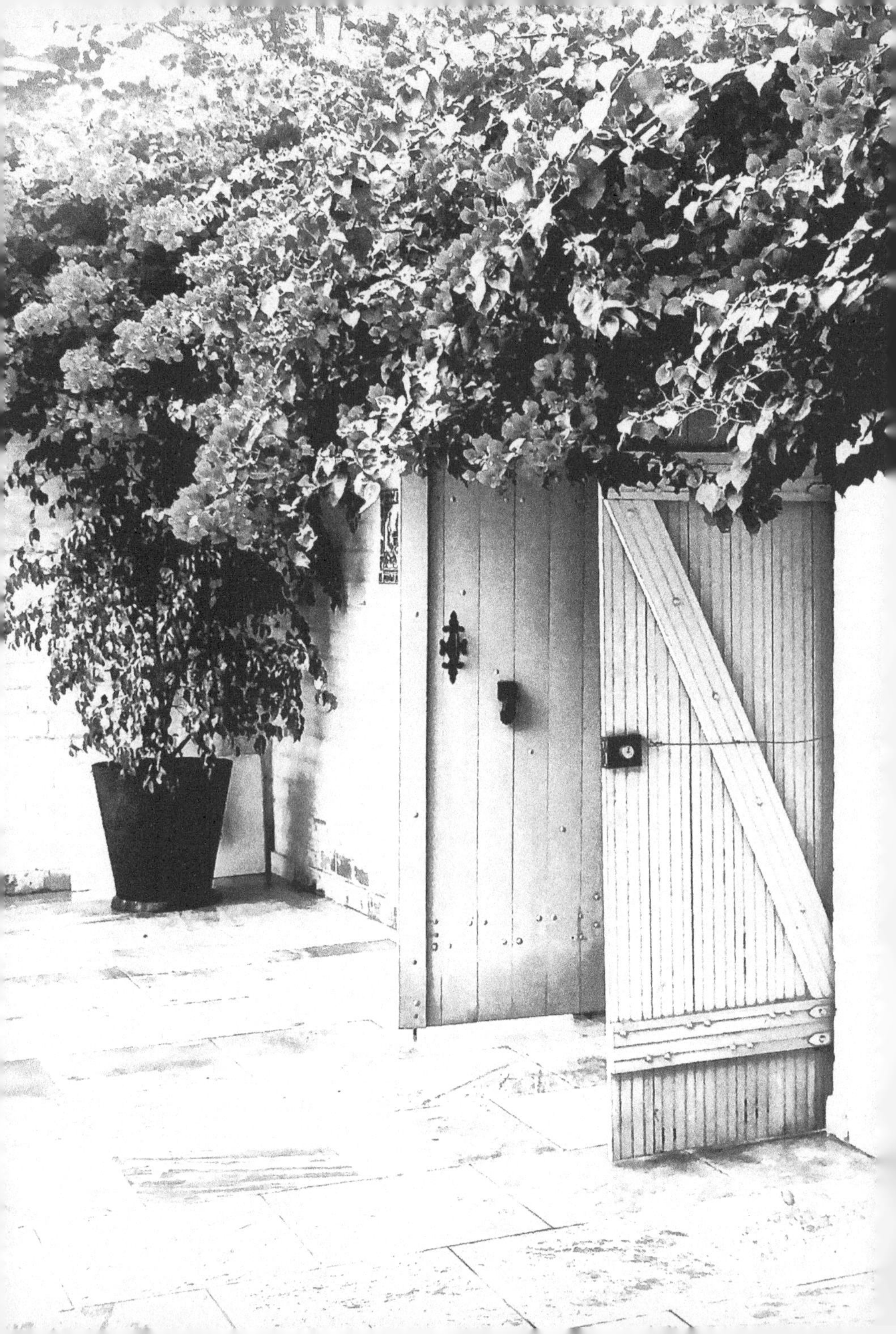

AF3628
PARIS-NEW YORK

Mário Palmério escreveu pouco e muito bem. Dois vigorosos livros sobre sertão e nada mais. Para quem gosta, só resta a releitura de tempos em tempos. É o que eu faria ao longo daquele voo. Por azar, caí na janela, ao lado de um americano gordo e inquieto. Um azar do cão! No corredor, um francês encurvado e duro, com olhar fixo no encosto da poltrona da frente. Sinal inequívoco de pavor. Eu, preso lá no canto, antevi problemas. Para minha surpresa, o americano começou a cortar pedaços de jornal. Virava as páginas, dava uma lida e arrancava pedaços. Decidi ignorar aquilo, eu não queria encrenca. Ele continuou a virar páginas. A rasgar e a virar.

Vieram, então, as instruções de rotina, como proceder em caso de despressurização e amerissagem. Eu não considerei a possibilidade de usar máscaras de oxigênio, nem de terminar a viagem molhado. Muito menos nadar de roupa à noite no Atlântico. Não prestei atenção às instruções, mas vi que o francês despertou de seu transe. Se mexia pra cá e pra lá. Repetidas vezes acertou sua cueca e tudo mais. TOC, pela certa! Era seu ritual singelo para evitar a queda ou a desintegração de três milhões e duzentas e trinta mil peças do Boeing-767. Sempre ajuda.

No que o avião decolou, o francês surtou. Berrou que não aguentava mais aquela rasgação de jornal. Disse que os americanos — todos eles! — eram primitivos. Não sabiam viver em sociedade. O americano, controlado, disse que lamentava, mas estava rasgando notícias para ler durante a viagem. Para não ter que abrir o jornal em nossa cara durante o voo. Olhou para mim buscando aprovação. Eu agradeci e olhei pela janela.

O francês continuou soltando os cachorros. Disse que americano nenhum é bem-vindo na França, nunca. *Ó ingratidão!*, pensei. O americano pensou o mesmo e rosnou "que, se não fosse por eles, americanos, os franceses hoje estariam falando alemão". O que é uma verdade, mas não se diz isso a um francês em pânico durante a decolagem. O francês explodiu em um ódio confuso que misturava Luís XIV, Louisiana, o bom selvagem e J. J. Rousseau. Me irritei com aqueles marmanjos a comparar seus pirulitos. Mas a coisa não parou ali.

O francês latiu mais ainda, muito mais. Aí, o americano matou a pau: *Mother fucker. Shut your big mouth or I'll beat the shit out of you*, que, em tradução livre, seria algo como "Por Deus, cale-se ou vai se dar mal". Com esse tranco, o francês afinou. Calou, bufou e emburrou. O ambiente ficou muito tenso. O americano então puxou conversa comigo, buscando aliança. Respondi evasivamente, ele logo viu que eu era estrangeiro. Perguntou de onde eu era e onde ficaria nos EUA. Eu queria ler e decidi pegar pesado. Disse que era iraniano, muçulmano xiita, nascido em Isfahan e criado em Teerã. Ficaria apenas duas horas no Kennedy International e voltaria para Islamabad, onde vivia há três anos.

Mandei bem, nunca me levaram tão a sério. De esguelha, vi que a informação havia se espalhado pelas poltronas. O AF3628 prosseguiu, então, em esconso silêncio. Eu no Chapadão do Bugre, com José de Arimateia e sua mula Camurça. Eles todos em voo noturno sobre o Atlântico, com um muçulmano xiita rumo ao Kennedy International.

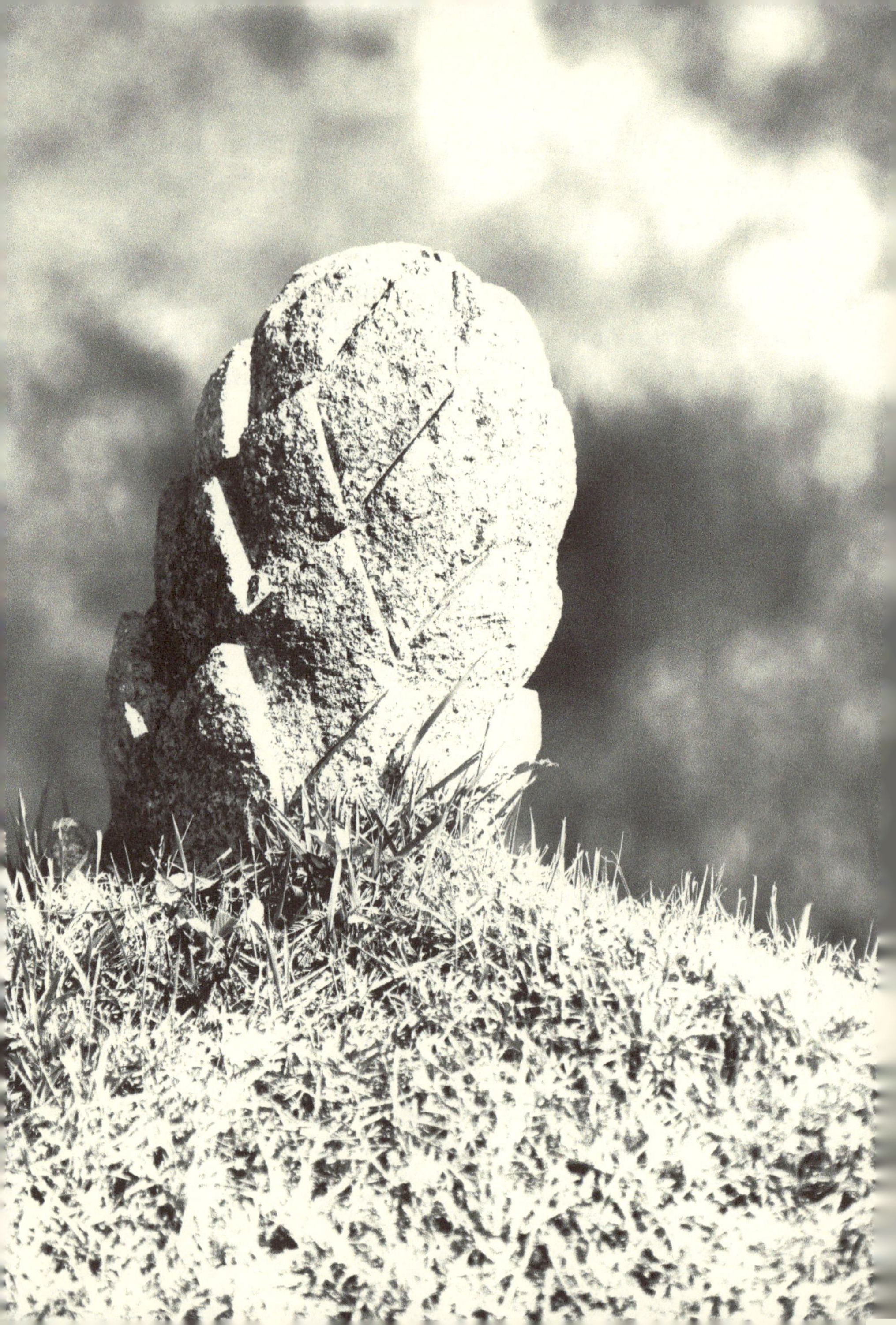

CHICAGO

Meu avô nasceu em Santa Cruz do Rio Pardo. À época, era uma cidade perigosíssima e de grande violência. Seu pai mantinha uma cova aberta em casa. *Para uma emergência*, dizia. Meu pai adotou o mesmo costume. Em nossa casa, havia uma cova de terra preta fofa, ao lado da jabuticabeira. Eu nunca fiz perguntas.

Mais por uma questão afetiva, anos mais tarde decidi ter uma cova na minha casa também. Eu contei isso para um amigo que morava na Vila Madalena, em uma dessas casas com terreno estreito e comprido, com galinheiro e jabuticabeira no fundo.

Lembro que, na ocasião, também contei a ele que as jabuticabeiras não têm capacidade de retenção de água. Para que deem frutos, é preciso armazenar água para elas. Eu usava uma manilha de PVC espetada ao lado da minha jabuticabeira, tampada embaixo, deixando apenas um pequeno furinho. Enchendo de água uma vez por semana, o gotejamento mantinha o solo úmido.

Meu amigo gostou muito das duas ideias e, meses depois, me disse que as adaptou e integrou. Em vez de uma cova, fez um buraco cilíndrico de dois palmos de diâmetro por dois metros de profundidade. Achei a solução engenhosa e criativa, mas estranhei. Eu, sim, tinha razões afetivas para manter uma cova em casa. Ele não.

Não deu outra, um dia o encontrei e ele perguntou se eu me lembrava que a casa dele, por uma questão antiga de marcação no terreno, invadia meio metro do recuo mínimo do vizinho. Eu me lembrava daquilo. O vizinho aceitava numa boa, o problema era o fiscal da prefeitura, que demandara que ele demolisse uma fatia da sua casa. *Meio metro de ponta a ponta! Uma impossibilidade.*

Essa irregularidade permitiu que o canalha grudasse em sua jugular. Sugava quinhentas pratas por mês para não intimar a demolição. Ele, no princípio, não viu saída e aceitou a sinistra simbiose. Mas um dia resolveu acabar com aquilo. Primeiro, considerou os aspectos práticos. Depois, homem de princípios, analisou as questões morais. Nada de muito complexo, só o essencial. Tomou decisão.

Agendou a mordida para um sábado em que sua mulher e filhos estariam fora. No que o fiscal chegou, meu amigo perguntou se ele queria experimentar umas jabuticabas. O fiscal disse que sim e foram para o quintal.

Meu amigo, sempre correto, perguntou se ele tinha filhos. *Não. E a mãe, viva? Também não.* No que o fiscal esticou o braço para pegar uma jabuticaba no alto, meu amigo abateu o bruto com violenta pazada na nuca. Imediatamente empurrou o corpo para o fundo do buraco.

O tampo de concreto foi logo cimentado de volta com a manilha cheia para o gotejamento. *Não gastei quinze minutos!*, disse ele com evidente orgulho. *Cacete!*, exclamei.

O fiscal agora nutria seu terreno. *Um avanço notável*, afirmou. Mas a quebra de proteínas na putrefação liberava gases que borbulhavam no sistema de gotejamento e cheiravam mal. Sugeri que esperasse a água escoar e concretasse o corpo no buraco. À moda da velha Chicago. Foi o que ele fez.

Gosto de gente assim. Que não elucubra muito, tem referências morais, põe a mão na massa e resolve. É outra coisa.

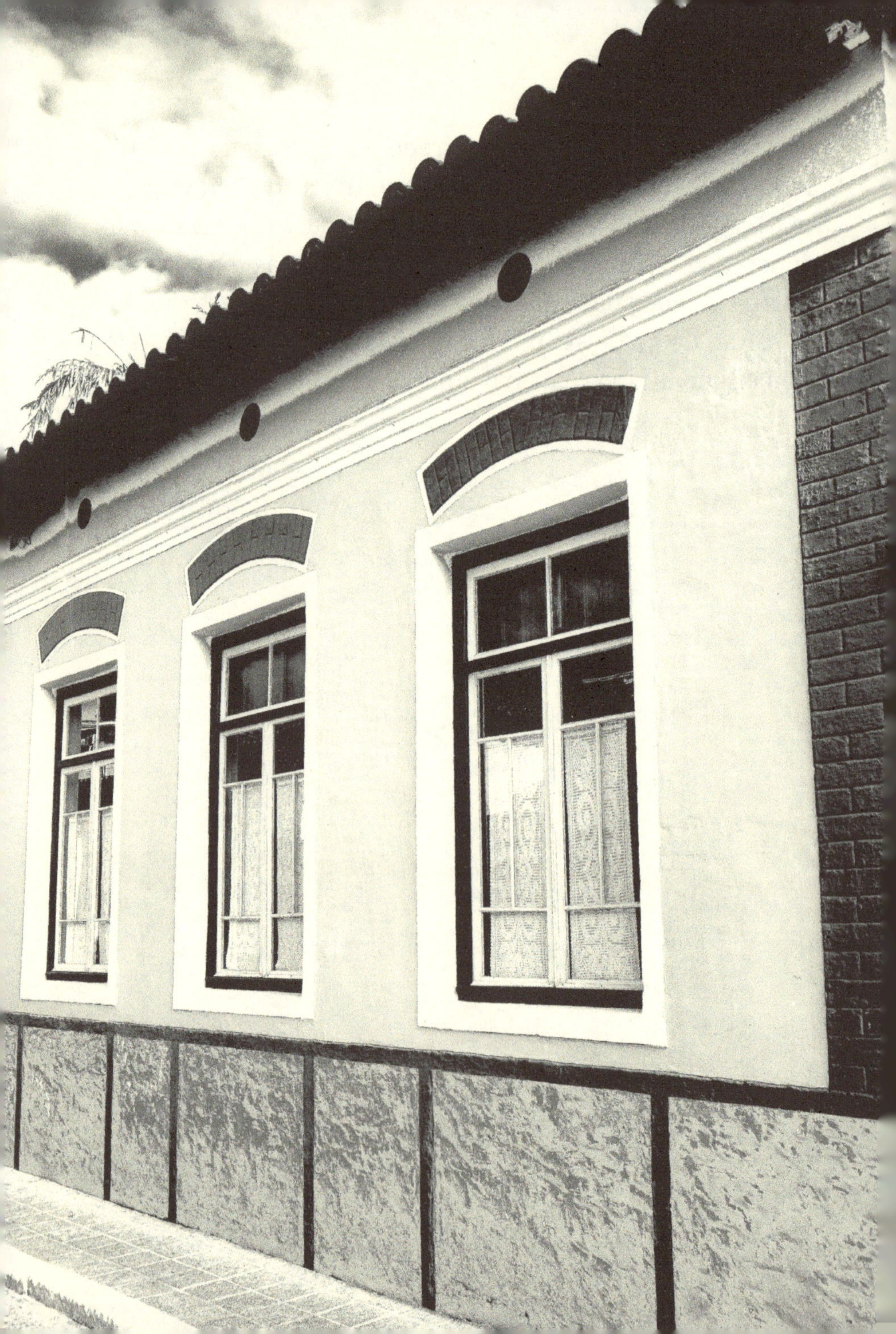

O PIANISTA

D outor Castro sempre cultivou a ideia de que seu filho, além de herdeiro, seria seu sucessor na Castro & Veiga Advogados. Apresentava o menino assim: *Esse é meu filho, futuro advogado e sócio.* O menino, desde pequeno, percebeu a armação. Gradualmente, é claro, foi pegando alergia do Direito. Na adolescência, amadureceu a ideia de que advogado só lida com bandido. Não disse nada ao pai, seria uma conversa infindável.

Com o tempo, para o desespero do pai, começou a falar em fazer Letras. Depois, mais tarde, chegou à decisão final: Cinema. O pai quase enfartou, disse que o filho iria morrer de fome, coisa e tal.

Mas não teve jeito: engoliu o sapo. Seguiu, entretanto, imaginando caminhos para o filho. Certa feita, o rapaz, já formado, armou uma viagem com os amigos para a Patagônia argentina. Partiriam em uma madrugada de sexta-feira, com destino a Porto Alegre. Uma pauleira.

Enquanto aguardava o amigo passar para buscá-lo, o pai disse que ele deveria ficar atento à geografia da viagem, sobretudo a dos Campos Gerais, a da Serra Gaúcha e então a do Pampa, claro. Discorreu sobre o assunto.

Que atentasse também à mudança dos costumes, das roupas e culinária com a latitude. Que comprasse livros de autores locais. E assim foi. Não havia a possibilidade de o rapaz fazer suas próprias descobertas. Assim era o doutor Castro.

O rapaz, que estava maldormido, decidiu resolver a parada na hora. *Preciso falar uma coisa para você*, disse firme ao pai. O pai estranhou aquilo, mas o filho foi logo ao assunto. Usou uma alegoria cinematográfica calcada no gênero *western* (ele achava um desrespeito chamar de bangue-bangue).

Pediu ao pai que considerasse o tipo pistoleiro justiceiro, extensão contemporânea dos cavaleiros medievais da literatura. O pai perguntou: *Como assim? Aonde você quer chegar?* O rapaz disse que sempre se imaginara atravessando as pradarias da vida dirigido pelo pai, que teve a competência de um John Ford. O pai, coitado, gostou da avaliação.

Agora, anunciou o rapaz, *é preciso dizer "basta"! Doravante, o pai seria um figurante em sua vida. Não mais o diretor. Você será um figurante, um índio que só observa, de longe. Desses que ficam lá em cima do desfiladeiro vendo o cavaleiro passar. Esse índio está tão longe das câmeras que pode até usar óculos, tênis e relógio*, exagerou o rapaz. O pai, chocado, disse que não cabia a ele o papel de índio, sobretudo porque não tinha o ímpeto belicoso do índio.

Estudioso do *western* e muito calmo, o rapaz pensou um pouco e disse: *Ok, você pode ser o pianista do saloon, o cara que entretém e alegra o ambiente, mas não participa da ação.* Doutor Castro ficou meio chocado, mas, pessoa afetiva, gostou muito da proximidade.

A chegada do amigo foi então anunciada com uma roncada de motor. O rapaz pegou a mochila e olhou nos olhos do pai: *Estamos entendidos?* O pai disse: *Sim, certamente.*

O rapaz, então, gritou: *Tchau, mãe, vou nessa!* Dona Celeste veio correndo da cozinha com um lanchinho para a viagem, perguntou se ele estava levando casaco pesado e pediu que ligasse ao chegar a Porto Alegre.

Doutor Castro, então, surpreendeu: *Celeste, deixa o menino levar a vida dele, que coisa!*

Foi assim que o doutor Castro estreou no piano, dona Celeste viu sua maternidade esmaecer e o rapaz partiu para a Patagônia. Feliz da vida.

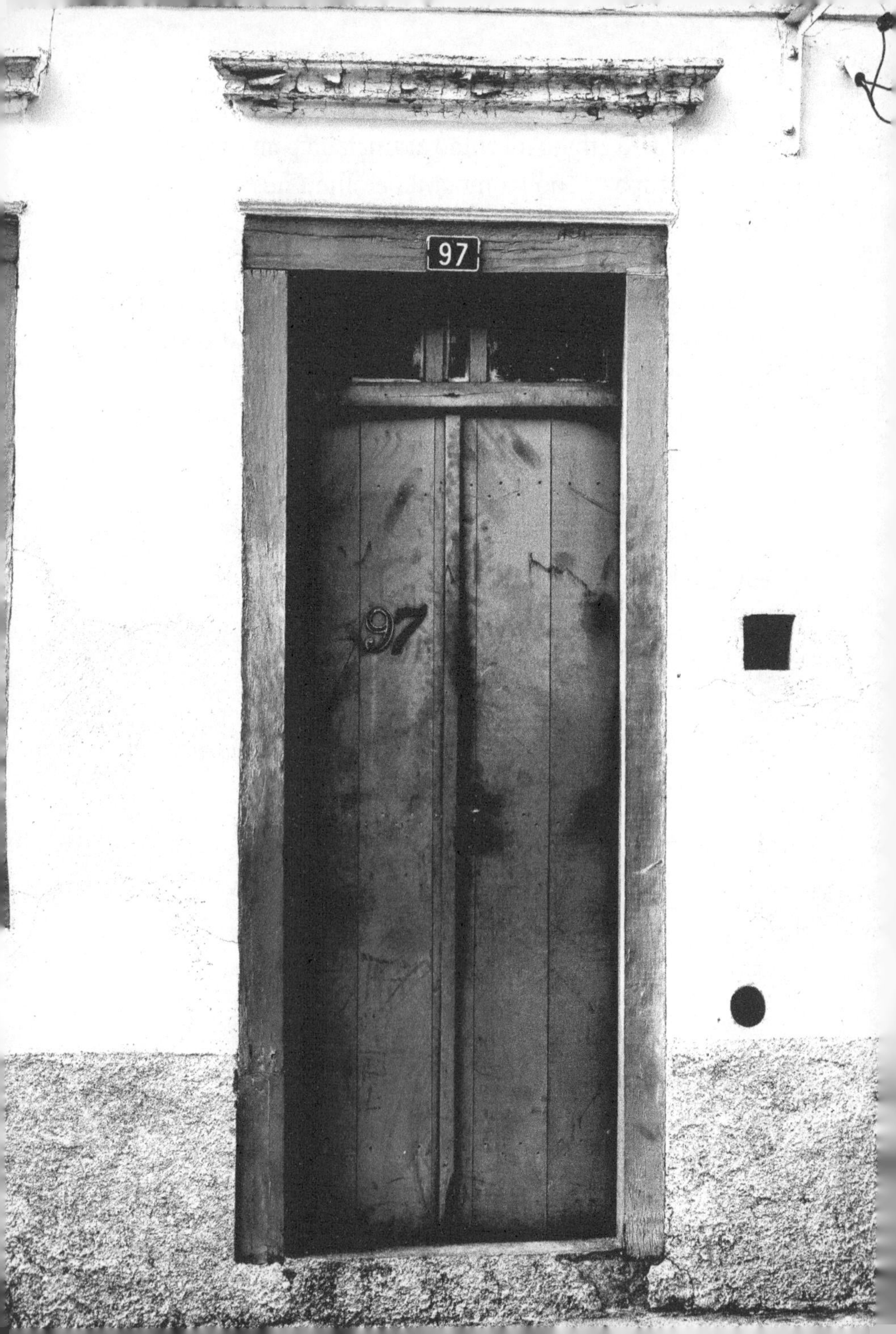
97
97

OS ALFREDOS

Beraldo vai sempre ao Pasquale com seu amigo Alfredo, mais moço. O lugar é agradável. Não só pela comida e bebida, mas também pelo ambiente alegre. Quando a casa está cheia, aguarda-se em mesa comum, grande, de mármore. Coisa de *trattoria*.

Alfredo, ansioso, sempre chega antes. Espera na mesa comum. Às vezes, brota uma prosa. Outras vezes, nem isso, mas ele prefere assim. Sempre pede *soppressata* finamente fatiada. Pede também um Pinot Grigio, no balde de gelo.

Naquela sexta-feira, ele chegou às sete e pediu o de sempre. Estava ali manducando e bebericando, quando um tipo em sua frente disse: *Você não é o Alfredo que estudou no Fernão e morava na Manduri?* Alfredo, surpreso, disse: *Sou*. O tipo emendou: *Eu sou o Edu, lembra de mim?* Alfredo, recobrando a consciência, disse: *Sim, vagamente*.

O tal Edu, então, disse que não era mesmo fácil lembrar, afinal eram passados tantos anos. Disse ainda que se lembrava muito bem de Alfredo jogando bola, dando cambalhota em cima de poça d'água. Lembrava-se de Alfredo equilibrando no gradil da casa. Falou de umas coisas que remetiam à bravura e de outras que diziam sobre ousadia. Bravura e ousadia? Alfredo não se reconhecia.

Conforme o tal Edu ia falando, Alfredo foi descobrindo naquele rosto traços reconhecíveis. Quando o tal Edu deu uma brecha, Alfredo perguntou se ele não tinha encarado uma tremenda briga com um irmão por causa de uma Caloi vermelha. Edu respondeu que não se lembrava de briga por bicicleta. Alfredo fez mais umas perguntas e Edu mais outras. Ficou claro que foram companheiros. Ficou também claro que Edu se lembrava de coisas de Alfredo que não tinham relação com Alfredo. Tampouco Edu se reconhecia na memória de Alfredo. Falavam de abstrações não reconhecíveis que um tinha do outro.

Logo o garçom chamou Edu, que se despediu e foi à mesa jantar com a mulher. Alfredo continuou ali, manducando e bebericando. Aquele, definitivamente, havia sido um encontro de fantasmas, concluiu. O primeiro que conscientemente experimentara.

Ademais, considerou que haveria muitos outros Edus por aí, levando imagens dele que, por ele, não seriam reconhecíveis. Imagens que ele não julgava fidedignas. Mas logo considerou o que seria uma imagem fidedigna dele. E assim seguiu com seu vinho.

No que Beraldo chegou, Alfredo serviu uma taça ao amigo e logo desfiou em detalhes o ocorrido. Considerou que, mesmo que pudesse convocar todos os que guardavam imagens dele para uma *retificação de imagem* — foi essa expressão que usou —, não saberia o que dizer. *Como são essas coisas!*, suspirou.

Como são essas coisas?, perguntou Beraldo, que entende de tudo, inclusive de mulher. Ele mesmo respondeu. *São assim:*

você é um fantasma do que foi na infância. Já esses Alfredos que habitam as mentes dos Edus da vida são espíritos. Irremediavelmente soltos por aí. Não se pode resgatá-los. Evanescerão aos poucos. Assim, com o tempo, tanto o fantasma como os espíritos irão inexoravelmente para as picas. Não sobra nada. Absolutamente nada. O que acha?

Alfredo achou que deveriam pedir mais *soppressata* finamente fatiada e outra garrafa do Pinot Grigio. Beraldo concordou. Eles sempre se deram muito bem.

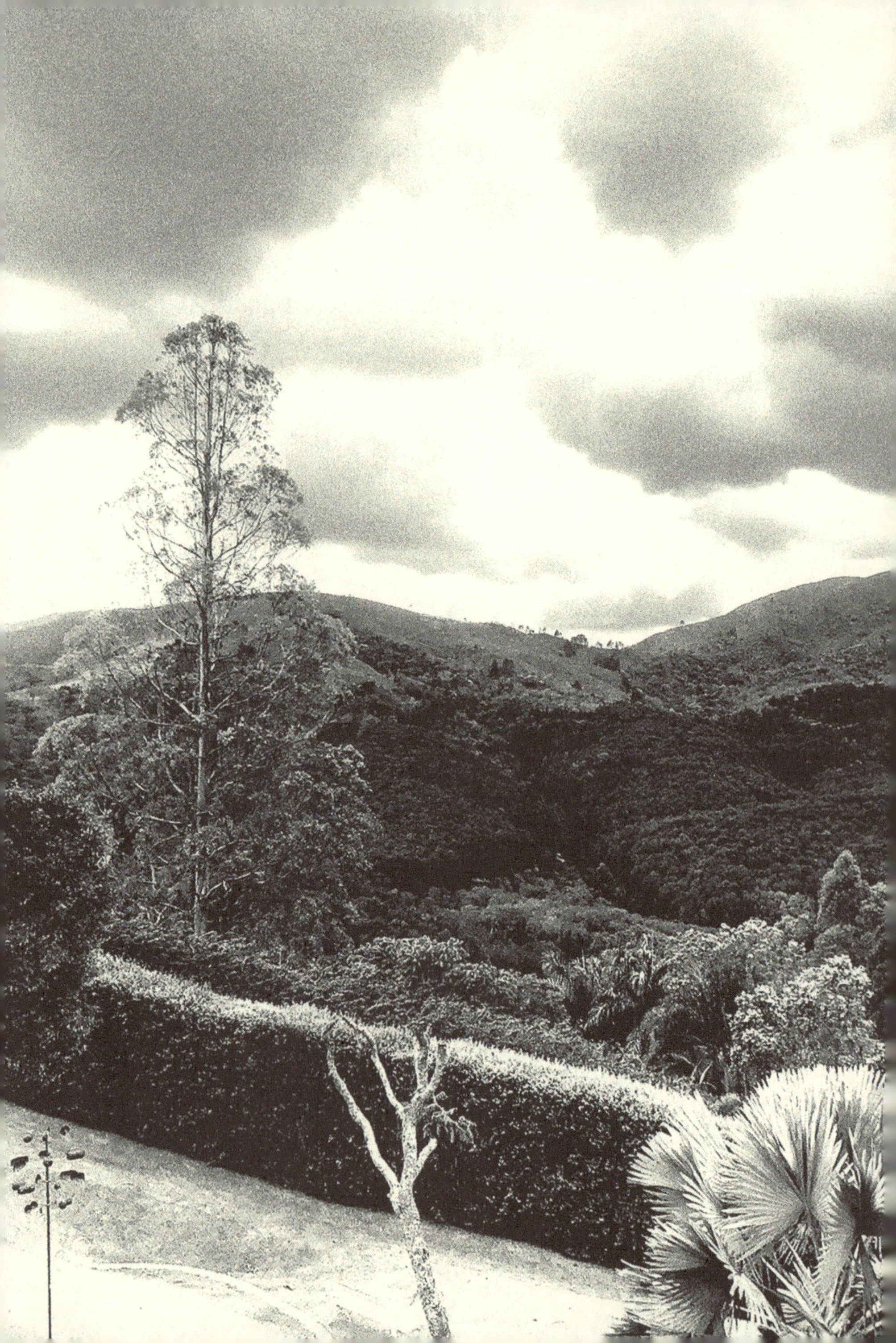

VUTURUNA

O Vuturuna é um morro na tríplice divisa de Santana do Parnaíba, Araçariguama e Pirapora do Bom Jesus. A altitude de seu cume é de 1.130 metros, mas o que o torna imponente é sua altura em relação ao pé do morro, 410 metros. Ele pode ser avistado de longe, muito longe. A sobranceira silhueta, à distância, em contraste com o céu, aparenta ser negra. Daí vem seu nome *ybytyra* (montanha) + *un* (negro).

Antunes mora em outro morro, bem de frente para o bruto. Todo dia vê o sol nascer por detrás do Vuturuna, o que o torna ainda mais negro. Conforme sua encosta vai se iluminando, sobretudo nas primeiras horas, as sombras vão redesenhando seu aspecto. Isso encanta o Antunes. Vão surgindo as reentrâncias, os entremontes, os grotões. E, conforme aparecem, vão se revelando as texturas e muitos matizes de verde. Estes mudam conforme a umidade e o tempo. Mudam também ao longo do ano.

O verde viçoso do verão gradualmente decai aos tons mais pálidos do inverno. Como é tudo mata, outras cores são poucas e só na primavera podem ser percebidas. Leves pinceladas como o rosa dos manacás e das quaresmeiras, e com o amarelo dos ipês, das canafístulas e do fedegoso. O prateado das embaúbas é mais presente nas poucas clareiras.

Só com o passar dos anos, Antunes foi percebendo a dinâmica da paisagem, com a neblina, as nuvens, as garoas e as chuvas. O Vuturuna é vivo, descobriu. O vento mexe com tudo, muda o brilho e, com as nuvens, muda a iluminação e, logo, os tons.

No fundo do vale, entre a casa dele e o morro, corre o Igavetá, ribeirão que vem do lado sul de Santana, volteia por lá e, encostado na face norte, vai desaguar no Tietê, para baixo de Pirapora. Na parte baixa desse vale preponderam os ventos do sudoeste, mas, já bem acima do cume, preponderam os ventos do nordeste. É preciso nuvens e tempo para se observar esses movimentos contrários.

Antunes tem tempo. Recentemente percebeu que esse seu tempo é medido em momentos, manhãs, tardes, dias e estações. Há outros tempos também, tempos de pernilongo, de andorinha, de cigarra, de teiú, de jabuticaba e de pitanga, ele considera.

Porque há muito silêncio, se ouvem pássaros. Ele não sabe muito, mas conhece o jacu, a maritaca, o papagaio, o anu, a andorinha, o beija-flor, o bem-te-vi, o joão-de-barro, o sabiá, o carcará, o pica-pau, a pomba, a rolinha e o tucano. À noite, às vezes, entristece-se com os cantos tristes das corujas, do urutaí e do curiango. São de arrepiar.

No inverno o vento uiva e no verão, antes das tempestades, ele urra. Pulsa violentamente, dobram-se as árvores, batem as portas e as janelas. Os cachorros latem. Estalam relâmpagos no cume e desaba o mundo.

Há muito bicho por lá. Porco-espinho, tatu, veado campeiro, cachorro-do-mato, mico, caxinguelê e quatis, muitos quatis. Jaguatiricas foram vistas poucas vezes. As capivaras, no ribeirão, se foram. Talvez voltem. *Nunca se sabe*, pensa Antunes.

É nesse contexto que emerge um mamífero singular, o seu amigo Braga, que mora na mesma encosta, mas contempla o Vuturuna com outros olhos. Para Braga, eles moram de frente para o símbolo maior de Santana do Parnaíba, fundada em fins do século XVI por Suzana Dias, neta do cacique Tibiriçá, catequizado e batizado por José de Anchieta. Um Tibiriçá que trouxe os portugueses para o planalto e ao lado deles sempre lutou, até mesmo no Cerco de Piratininga, em que matou muitos índios, inclusive seu irmão, Piquerobi e seu sobrinho, Jaguaranho. *Tibiriçá? Um canalha, imperdoável traidor*, repete o Braga.

Para ele, a face sul do Vuturuna é por onde se estende a picada do Cururuquara, que de Santana ia para São Roque e Barueri e Araçariguama. Foi nessa Barueri que, em meados do século XVII, um Raposo Tavares enfurecido enxotou jesuítas, aprisionou índios e arrebentou a Capela de Nossa Senhora da Escada, jogando tudo no Tietê.

Diz Braga que o Igavetá, lá embaixo, é onde nasceu a mineração do ouro em nosso país, em fins do século XVI. Tudo pelas mãos de Afonso Sardinha, que de Portugal trouxe conhecimentos de mineração, de metalurgia e uma cobiça insaciável. Sediado no Jaraguá, veio para estas bandas com pulso forte, bateias e seus índios escravizados. Foi derrubando matas, abrindo fazendas e negociando tudo com todos. Esse mesmo

Sardinha, em Araçariguama, mais tarde abriu uma mina de ouro e ao lado construiu uma capela dedicada a Santa Bárbara, padroeira dos mineradores, que foi inaugurada nos princípios do século XVII. Está lá até hoje.

Quatrocentos anos não é nada, diz ele, que ainda fala das fazendas e sítios que nesse entorno foram medrando. Produzindo milho, trigo e algodão. As gentes tecendo panos, cosendo suas roupas e curtindo o couro de anta. Tudo com o trabalho escravo de índios e dos negros. Foi esse Sardinha, o Velho, quem primeiro os trouxe da África.

E fala também do Padre Belchior Pontes, que nesses morros andava dando extrema-unção. Uma missão importantíssima, na época em que arder eternamente no inferno era quase uma certeza pela vida brutal que aqui levavam. O famoso milagre do Padre Belchior Pontes é bem conhecido e trouxe muita esperança à região, em fins do século XVII. Braga, que tem seus pecados, fala do cura com muito respeito e louvor.

De Santana, boca do sertão, partiam todas as expedições bandeirantes. Porque, nas proximidades, o Tietê não é navegável. Partiam por terra, passavam por Pirapora, e iam até Araritaguaba, hoje Porto Feliz, onde, por fim, embarcavam para o incerto. Por lá passaram Borba Gato, Nicolau Barreto, Manuel Preto, Raposo Tavares, Anhanguera, Fernão Dias e muitos outros. Ele sabe tanto de Santana que aponta a casa de Pedro de Godoy, que, tendo sua esposa violentada, passou a comer fígado de índio. *Não há registros, mas foram muitos*, diz ele.

Braga sempre puxa a história de Pirapora e o famoso achado da imagem de Jesus, enroscada nas pedras, à margem do

Tietê. Guardaram a imagem num paiol, envolto em palha. Não passou muito tempo e o fogo consumiu o paiol e a palha. Sobrou a imagem de Jesus, que passou a ser adorada, e a esse Jesus logo atribuíram milagres. É esse o Bom Jesus de Pirapora. É essa a Pirapora do Bom Jesus. *Esse Jesus não veio do nada*, diz ele. Veio lá de Barueri, rio acima, jogado nas águas pelo enfurecido Raposo Tavares.

Mas, porque milagres são bem-vindos, os jesuítas acolheram a visitação. E, porque ao jesuíta não importa levar a palavra de Jesus a quem já o tem no coração, pediram socorro à Santa Sé. Assim vieram, muito mais tarde, os frades belgas da Ordem de São Norberto.

Lá instalados, construíram um monastério, onde cultivaram os milagres. Desde o século XVIII, as romarias vêm de todas as partes, de todo jeito, com todo tipo de promessas, ex-votos, sacrifícios e pedidos. Hoje vêm a pé, a cavalo, de charrete, de carro, de caminhão, de trator. Junto vêm também os pinguços e arruaceiros. Ao fim da tarde a cidade é um melê.

Num certo sítio, para os lados de Pirapora também, no inverno explodem algumas *raves*, por detrás do Vuturuna. Duram dias. As moças deixam de lado sua cartilha e explode um festival selvagem de sexo, drogas e *rock and roll*. Todos dançam, bebem, fumam, cheiram e copulam. Há estupros, mortes e tudo mais. Uma loucura anunciada.

Para Braga é apenas um encontro anual das *Ménades*, as ninfas descabeladas e alucinadas, entregando-se a Dionísio, que por lá passa para ser cultuado. *Desde sempre, rapazes nunca faltaram a esses encontros*, diz ele. Esse, desde sempre, é parte do olhar dele para o tempo que tem ainda os milênios e os séculos, que ele quebra em princípios, meados e fins.

Assim são esses dois. Antunes vive na varanda, olhando para fora, um mundo de verde e bichos, de movimentos, de sons e de luzes. Um mundo que só pode ser vivido lá, no presente. Já o Braga vive na sala, lendo livros, olhando para o passado. Um passado de gentes, de mortes, de bravura e violência. De muita maldade e cobiça. De milagres e medo, muito medo. Um mundo vibrante, mas cheio de dor. Um mundo que pode ser vivido a toda hora em qualquer lugar.

Uma coisa é certa, o mundo deles tem por umbigo o Vuturuna, que todo ano sobem juntos. Cada um subindo o seu, é claro.

GASLIGHTING

Há casais que optam por não ter filhos. Entre estes, é comum que ambos sejam filhos únicos que tiveram a triste experiência de crescer sem ter a quem infernizar.

Era esse o caso do Dr. Macedo, advogado, marido dedicado, e Dona Vera, advogada, ambos aposentados no Estado. Num casamento de 53 anos, levaram uma vida boa, sem muito luxo, com sítio, algumas viagens e saúde excessiva. Algumas pessoas vão longe demais e os amigos não.

Como muitos, o casal se viu abruptamente isolado na virada dos anos 2020. Não saíam à rua, nem para as compras nem sequer para um papinho na banca de jornal. Não tinham com quem falar. Só os dois. Sem que se apercebessem, isso se tornou um grave e silencioso problema.

Quando Macedo lia o jornal, gostava de comentar, sobretudo a política. Dona Vera foi perdendo a paciência com aquilo e passou a ignorar a fala do Macedo. Se ele insistia numa interação, ela até trocava uma ou duas ideias, isso no princípio. Depois, irritada, mas contida, dizia: *Não estou entendendo bem aonde você quer chegar ou não entendi direito. Repete, meu amor.* Foi assim que tudo começou.

Quando falava com ele, passou a falar bem baixo e, quando ele pedia para ela falar mais alto, ela falava normal e comentava que, *terminando tudo isso, você precisa ir a um otorrino.*

E o tempo foi passando e eles ali. Naquelas 24 horas, nutridos por uma monótona rotina sem saída. Naquele apartamento de três quartos, só os dois. *Melhor seria só,* pensou Dona Vera após seis meses. Ela não aguentava mais o Macedo. Demorou para deixar emergir a silenciosa perversidade sempre latente em si. Quando Macedo parava de ler e ia para a cozinha tomar um café, ela mudava os óculos dele de lugar. Não tão longe a ponto de ele não encontrar. Nem tão perto que os encontrasse. Com o tempo, foi pondo embaixo do jornal, na fresta das almofadas. Cruel. Macedo, coitado, comentava: *Não sei onde estou com a cabeça.* Ela comentava que *a idade pesa mesmo.*

Eles pediam entrega de pão francês para a semana toda: congelavam e tiravam dois toda manhã. Na verdade, o café da manhã era atribuição de Macedo. Espremia laranja, cortava uma rodela de abacaxi para ela e um anel de mamão para ele. Punha a mesa, molhava os dois pães, punha no forno e chamava Dona Vera. Se ele descuidasse, ela surrupiava um pão e perguntava: *Por que só um?* Ou desligava o forno e comentava que *não basta pôr no forno, precisa ligar.*

Macedo, bom coração, não poderia supor maldade naquela que o acompanhou por tanto tempo. Mas, quando as coisas podem piorar, em geral pioram. Ele dormia mais tarde e acordava mais tarde. Ela ia deitar mais cedo, acordava mais cedo e acendia a luz da sala. Esperava o coitado levantar e perguntava: *De novo deixou a luz acesa?*

Um dia ela pediu para ele encher a jarra d'água e pôr na geladeira. Ele assim fez. Mais tarde ela tirou a jarra da geladeira, pôs embaixo do filtro aberto, deixou inundar a cozinha e gritou um forte *meu Deus!* Macedo levou um susto enorme, correu para a cozinha, viu a cena e assustou mais ainda com o comentário de Dona Vera: *Não sei mais o que fazer com você!*
Aquela foi a gota d'água, a tal da gota d'água. Macedo conectou todos os eventos, comentários e concluiu que havia chegado ao fundo do poço. Apesar de advogado, sabia mexer no seu *smartphone* e passou a fotografar e registrar todas as suas atividades. Tempo é que não faltava. Tudo muito discretamente, sem clique algum que pudesse ser ouvido. *Que vergonha! Onde estão os óculos? Olha a última fotografia. Estou apenas recorrendo a uma memória externa*, reconfortava-se Macedo. Não mais incomodaria Dona Vera.

Não tardou muito e tudo ficou claro. Dona Vera, que outrora fazia bolo de fubá para ele, se mostrava monstruosa e impiedosa. A princípio ele não podia acreditar, ficou furioso. Depois conviveu triste, calado, arrebentado com as chocantes evidências. Por fim, tomou decisão, chamou Dona Vera para conversar na pequena varanda. Precisava de ar.

Com um sorriso plástico e inclemente, ele explicou como a descobrira. Então, sério e formal, arrematou: *Sou todo ouvidos.* Ela, também muito séria, ficou olhando para o chão, pensando. Considerou alternativas.

Reconhecer a barbaridade que cometera não conseguiria. Insistir que ele estava senil era uma boa alternativa, mas ela não teria força para perseverar. Discutir uma relação de cinquenta e três anos seria uma tortura inominável. Ela pediu um instante, levantou-se e, em inesperado impulso, foi-se.

Macedo passou o resto dos seus anos atormentado pela culpa. Esperando para encontrá-la no Céu.

RETROESCAVADEIRA

Lá para os lados de Santana do Parnaíba, no verão, a chuva vem brava. Sempre pelas encostas do Vuturuna, vergando árvores, ondulando o pasto, assobiando na cerca. Naquele fim de tarde, as nuvens foram se avolumando rapidamente. Plúmbeas. A brisa começou leve com cheiro de mato e aos poucos foi encorpando.

De repente, começou a descer água. Muita água. Entrando pela varanda, chicoteando as janelas, encharcando tudo. Começaram os raios e faíscas por todo lado. Caiu a força. Quando é assim, eu sei, a luz não volta em menos de cinco, seis horas. Não tem jeito, a manutenção encalha na estrada.

Me lembrei de um trator de esteira que fazia a terraplanagem mais abaixo de casa. O operador, muito habilidoso, trabalhava de sol a sol. Olhei lá para baixo e vi o camarada correndo pra sua moto. Assobiei forte, no dedo, e fiz sinal para ele chegar. Ele não passaria na estrada, um mingau. Que entrasse pra esperar, tomar alguma coisa, ele agradeceu e entrou. Abri um vinho.

Ele estava nos seus 30 e poucos anos, vivia em Santana mesmo. Tinha sido seminarista e então frade franciscano da Ordem dos Frades Menores Capuchinhos. Queria deixar sua marca no mundo. Depois de dez infrutíferos anos de entrega, desenganado, largou tudo, cursou Direito e foi trabalhar numa ONG. O mesmo ideal: deixar sua marca no mundo.

Um dia, já casado (bem casado, frisou), chamou a mulher para expor suas insatisfações. Explicou o rumo desejado e as consequências, sobretudo as financeiras. Ela, solidária, aceitou a inesperada proposição e, assim, ele se tornou operador de retroescavadeira e trator de esteira. Foi o jeito que encontrou para modificar o mundo: intervenções palpáveis, duradouras e úteis. Abrir estradas, ruas e praças. Campos de futebol, parques e jardins. *Como incorporar essa nova conceituação?*, perguntei. A exposição foi breve e impecável. Logo voltou à mulher.

Que mulher aceita que o marido largue a advocacia para ser operador de retroescavadeira? E seguiu falando dos encantos da própria mulher.

O que não faz o vinho? E disse mais ainda. Que ela ganhava muito bem no fórum, fazia risoto de abobrinha, bisteca à fiorentina, couve-flor empanada. Fazia fios de ovos e batia bolos para o café da manhã. Ele ainda discorreu sobre o natural caminho da castidade sacerdotal para o sexo tântrico, rumo ao universo ayurvédico. *Caceta!*, pensei eu, considerando seriamente a mulher do próximo.

Eu disse: *Que sorte a sua encontrar uma mulher assim, deve ser filha única, bem-criada.* Ele disse: *Não, ela tem uma irmã gêmea.* Eu perguntei se a irmã ainda trabalhava no fórum. Ele disse: *Não, trabalha na Casa da Cultura.* Aí, eu joguei bem: *Ela deve ser a Marcia.* Ele respondeu: *Não, é a Marlene, uma morena alta.*

Que coisa!, disse eu bestamente. A chuva havia passado, ele agradeceu a acolhida e se mandou na moto. Recomendei cuidado na lama.

Não é do meu feitio tomar vinho à luz de velas com operador de retroescavadeira, mas não esquentei a cabeça. Isso acontece. Soltei meu cachorro, fechei a casa e fui dormir. Adormeci pensando seriamente em operar uma retroescavadeira e, claro, dar um pulo na Casa da Cultura. Por que não?

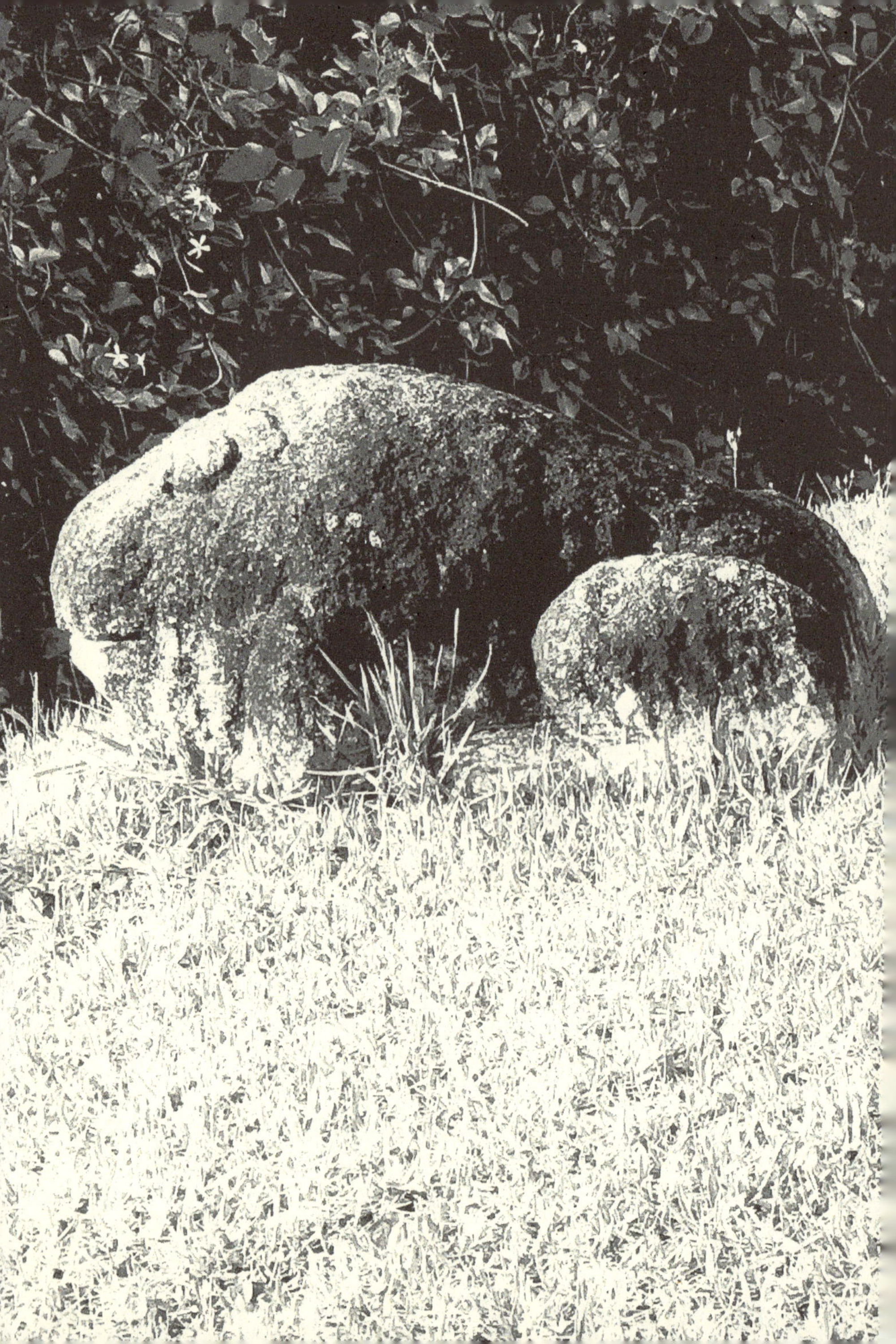

ENCRUZILHADA

Antunes pensa. Sempre. Nos filhos, na mulher, nas contas, no futuro e outras coisas. Ele, que também devaneia, especula e reflete, tem uma habilidade singular. Sabe abandonar pensamentos. Não só os bobos, que não levam a nada, mas também os perigosos, que emergem na madrugada.

Antunes sempre expulsa da mente as encruzilhadas de seu passado. Tanto as reais como as imaginadas. Não perde tempo com os caminhos percorridos. Não elucubra sobre os não trilhados. Antunes é forte.

Em outubro, a irmã de Antunes o convidou para a festa dos trinta anos de casamento dela. Ele sempre foi muito próximo da irmã e do cunhado. Gosta também da família dele, conhece todos.

A festa foi no Recreativo. Muita gente. Ele conhecia todo mundo. Foram encontrando os parentes de cá e de lá. Conversando. Foram se acomodando nas mesas, bebendo, sabendo das coisas.

Subitamente, a música, então suave, explode Jovem Guarda. Uma nuvem de pontos coloridos começa a girar pelas paredes, teto e piso. Brilha uma enorme tela com imagens do casamento, trinta anos atrás.

Foi um tal de *olha o fulano, olha o sicrano, que gracinha, ele ainda tinha cabelo* e tudo mais. Como a música traz lembranças e a bebida certa ilusão, foram dançar. A mulher com os primos. Antunes ficou na mesa. Vendo a dança e o vídeo do casamento, que repetiu a noite toda.

Vezes sem fim, ele viu a espera no altar, os padrinhos, a chegada da noiva, o sacramento, o cumprimento aos pais e padrinhos, a saída em fila, o buquê jogado ao alto e a moça que o colhe, beija e sai sorrindo. Bonita e graciosa. Encantada.

Ele via as imagens do casamento e pensava nas pessoas. Conhecia quase todas. Mas e a moça do buquê? Quando sua mulher passou, ele perguntou: *Quem é a moça do buquê?* Ela disse que a moça era a noiva do Paulão na época.

Ah, o Paulão! Por isso, ele estava sentado bem abaixo da tela. Olhando para cima, grudado no vídeo. Hipnotizado.

Ele pediu para a mulher descobrir o que havia ocorrido com aquele noivado. Ela foi investigar e voltou dizendo que Paulão havia dado uma escapulida e engravidado a Telma. O noivado com a moça acabou ali mesmo. Não sobrou nem foto. Paulão se casou às pressas e deu no que deu. *Até hoje está nessa vida enrascada, parada, que você conhece muito bem.*

Antunes pensou um pouco e pediu para a mulher descobrir o que acontecera com a moça. A mulher, uma santa, foi investigar.

Voltou conclusiva: *A moça se casou com um amigo do Paulão. Mudaram para Floripa. O casamento deu muito certo, eles têm quatro filhos. Paulão sabe de tudo pelos amigos, mas não toca no assunto.*

Antunes, que conhece o perigo, foi até Paulão. Deu um tapa de veludo nas costas dele e disse: *Larga de bobagem, isso não leva a nada. Vamos tomar uma Cuba Libre.* Pausa. *Cuba Libre?*, respondeu Paulão.

Foram para o bar. Ficaram falando bobagem. Na verdade, falava Antunes. Paulão só escutava. Talvez nem escutasse. Entornava todas.

Por fim, Antunes prestava atenção no que ele próprio dizia. Antunes notou que o sapato, a meia, a calça, a cueca, a camisa, o paletó e o corpo de Paulão estavam ali. Mas Paulão não.

Ele estava em uma encruzilhada lá atrás, em 1990. Pasmo, iludido. Pensando que poderia ter sido feliz.

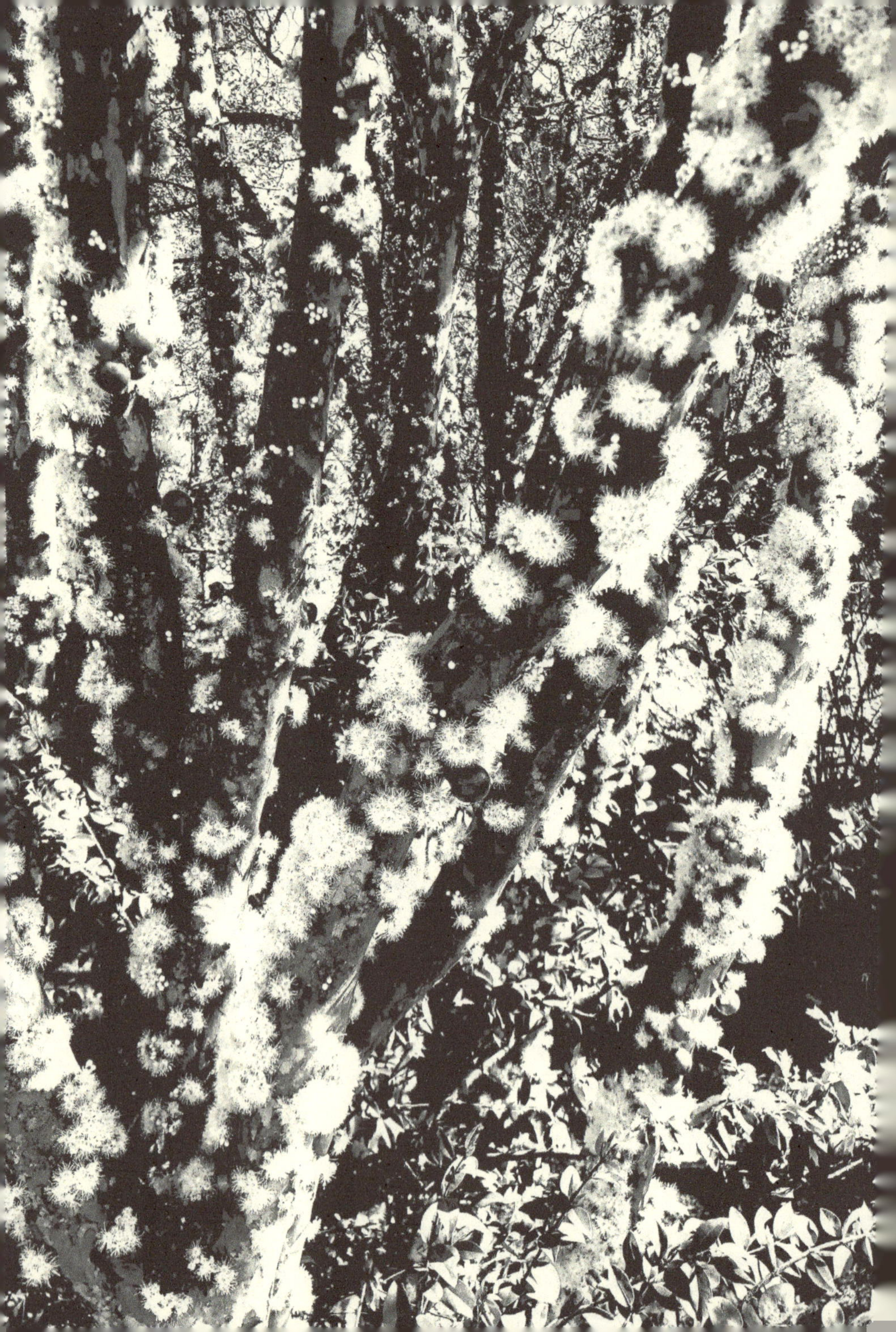

A PITONISA

Ele foi levado à pia batismal da Matriz de Ribeira de Murça, nas cabeceiras do Rio Douro, no dia 22 de janeiro de 1973. Recebeu o nome de Tibúrcio Souto Brandão, um bom começo. Cresceu em ambiente abastecido e acolhedor. Feliz. Desde menino, à mesa, desfrutava os enchidos, as farinheiras e as morcelas feitas pelo pai, sujeito de ossatura larga, bigode denso, muito sério.

Pequerrucho ainda, Tibúrcio tinha olhares para além da Ribeira. Falava de África e das Américas. A velha avó, conhecida pitonisa da Ribeira, certa feita considerou que o neto era um *puto de apetites gerais* e prognosticou, para horror de todos, que ele *seria varado a bala em terra de brutos*. Aquilo deixou a família horrorizada.

Em setembro de 2003, Tibúrcio veio para o Brasil. Com a fala firme e sua bela estampa, foi se arranjando em São Paulo. Primeiro como garçom no Restaurante Itamarati. Depois, à cozinha, onde fazia o paio de lombo, o chouriço goês, a paiola e as alheiras. Aí, sim, foi um sucesso. Não tardou a montar seu negócio em um canto da rua da Cantareira. Criou fama.

Cativante, com seu apetite pelas coisas, descrevia cada produto a dar água na boca. Certa feita, estava ele ainda no balcão, quando entrou uma linda mulher. Tibúrcio encantou-se com aqueles olhos, apeteceu-lhe a boca, o corpo e logo a voz. *Que mulher!* Contido, disse: *Em que posso ser útil?* Mas não foi isso que disseram seus olhos. Ela percebeu.

Naquele mesmo instante flamejou um encanto entre eles. Ele foi falando dos embutidos e do trato das carnes. A sonoridade daquilo encantou a mulher. *Que gosto pelas coisas!*, pensou. Ah, aquele apetite que extravasa e encanta quando educado e contido. Assim começou aquele flerte. Mas o marido dela, um juiz de Direito, não tardou em notar traços do encantamento no olhar da mulher, isso se percebe, e supôs haver algo mais.

Para um juiz é o que basta. Ao entardecer de uma sexta, com seu 38 enfiado na barriga, seis balas no tambor e mais seis no bolso, foi à justiça. Encontrou Tibúrcio só, ao fundo de seu pequeno comércio.

A distância, pelas costas mesmo, descarregou o revólver no presumido comborço. O português tombou e o transtornado juiz fugiu. Tibúrcio, afortunado, só teve duas balas encravadas na omoplata. Sobreviveu.

Enlouquecido, o juiz voltou para casa. Nem bem abriu o portão descarregou o revólver na mulher, que regava o jardim. Não acertou nem sequer um tiro. Na verdade, acertou um gato – desafortunado gato – que dormitava no muro.

Foi precisamente a dona desse bichano que trouxe tudo à tona. Nos jornais e na televisão, a indignação foi grande. Inócua como sempre. O fato é que o magistrado, enfim, foi julgado por seus pares em foro privilegiado e absolvido. No caso de Tibúrcio, prevaleceu a tese de legítima defesa. No caso da mulher, prevaleceu a tese de acidente doméstico com arma de fogo.

A um jornalista que escreveu sobre a evidente passionalidade do desvairo, coube um processo de difamação e uma pesada indenização. A mulher, que não conhecia o próprio marido, mas conhece juízes, não deu um pio. Nem no julgamento, nem depois.

Varado a bala em terra de brutos? Varado mesmo não foi, mas esse é um detalhe irrelevante. Há consenso em Ribeira de Murça.

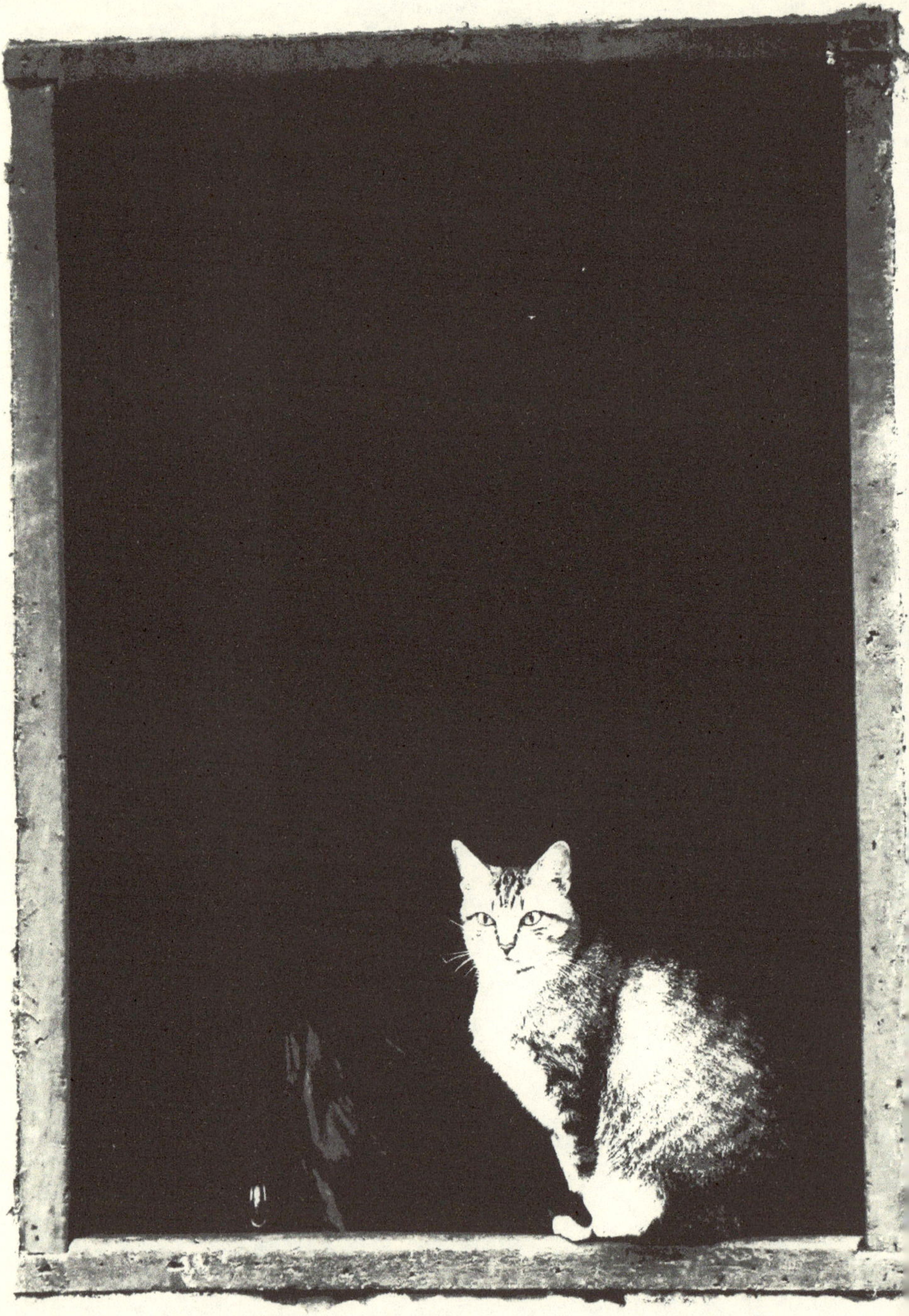

UM SONHO

T odos os dias, íamos para a escola com minha mãe. Eu e meu vizinho Pedro Zambrano, colega de classe. Ele não tinha mãe e o pai dele era um simpático pianista cubano que ensaiava todas as tardes. Sem saber, conheci Cole Porter, Gershwin e Bebo Valdés.

Desde moleque, Zambrano tinha um sonho que começou com dona Maria de Lourdes, nossa professora de Geografia. Foi ela que nos apresentou o livro *Volta ao mundo em 80 dias*, de Júlio Verne. Discutimos cada aspecto da viagem.

Conhecemos os intrépidos Phileas Fogg, seu atrapalhado valete Passepartout e a encantadora princesa Aouda, indiana, salva da pira funeral de seu ex-marido. Aí, começou o sonho de Zambrano: dar a volta ao mundo com dona Maria de Lourdes. Ah, as pernas de dona Maria de Lourdes! Mas aquilo não foi nada perto do que estava por vir.

Poucos anos depois, assistimos ao *Volta ao mundo em 80 dias* com David Niven, Cantinflas e a inebriante Shirley MacLaine, com seu sorriso encantador. O Zambrano generalizou seu sonho: dar a volta ao mundo com a mulher perfeita. Nada menos.

Com o tempo, naturalmente nos afastamos. Eu sabia que ele advogava, tinha lá suas namoradas e velejava em Ilhabela. Quando nos víamos, ele retomava o assunto da volta ao mundo.

Há uns quinze anos, um amigo me contou que ele havia vendido tudo e partido para a Califórnia, onde comprou um veleiro. Foi o que soube. O resto só soube muito depois.

Sua primeira tentativa de volta ao mundo foi em San Diego, que é ponto de encontro e partida de velejadores que cruzam o Pacífico. Não deu em nada. Não conseguia se decidir por uma companheira. Ficou claro que deveria ser o contrário: começar uma viagem e então encontrar uma mulher. San Diego não é o lugar para isso. Velejou solo para Salvador e de lá partiu rumo ao sul. Parando por aqui e por ali, mordiscando a costa, farejando praias, conhecendo gente.

Assim, tranquilo, experimentando o viajar, encontrou a tal mulher. Arrebatado, louco e apaixonado, ele a convidou para ir até Paraty. Ela aceitou e assim foram descendo por meses ensolarados até Paraty. Lá chegaram e ficaram por mais um ano. Em plena felicidade.

Certa noite, em que olhavam estrelas, ele falou de seu sonho da volta ao mundo. Casualmente, convidou-a para a esperada viagem. Ela demorou para responder e murmurou: *Tá tão bom aqui*. Olhando estrelas, maduro e sem pressa, ele considerou que de fato não poderia ficar melhor e disse: *Tá bom mesmo*.

Foi simples assim que seu sonho teve um fim. Nunca mais tocaram no assunto e por lá vivem, há muitos anos, em plena felicidade. Foi lá mesmo, em Paraty, que eu soube disso tudo. Andando pelas ruas, ouvi alguém cantando "I'll build a stairway to paradise". Uma beleza!

Procurei descobrir de onde vinha a música e cheguei a um casarão com a placa *Zambrano's*. Fui entrando no casarão, em meio às mesas brancas, gente, taças e flores. Junto ao gramado, meu amigo Pedro Zambrano cantava ao piano. Recebeu-me com um sorriso surpreso e ao fim da música nos abraçamos. Conversamos noite adentro. Quando a casa começou a esvaziar, a mulher dele surgiu lá de dentro. Ela?

Pode ser impressão minha, mas ela tinha as pernas de dona Maria de Lourdes e o rosto da Shirley MacLaine. Lembrava um pouco minha mãe, é bem verdade.

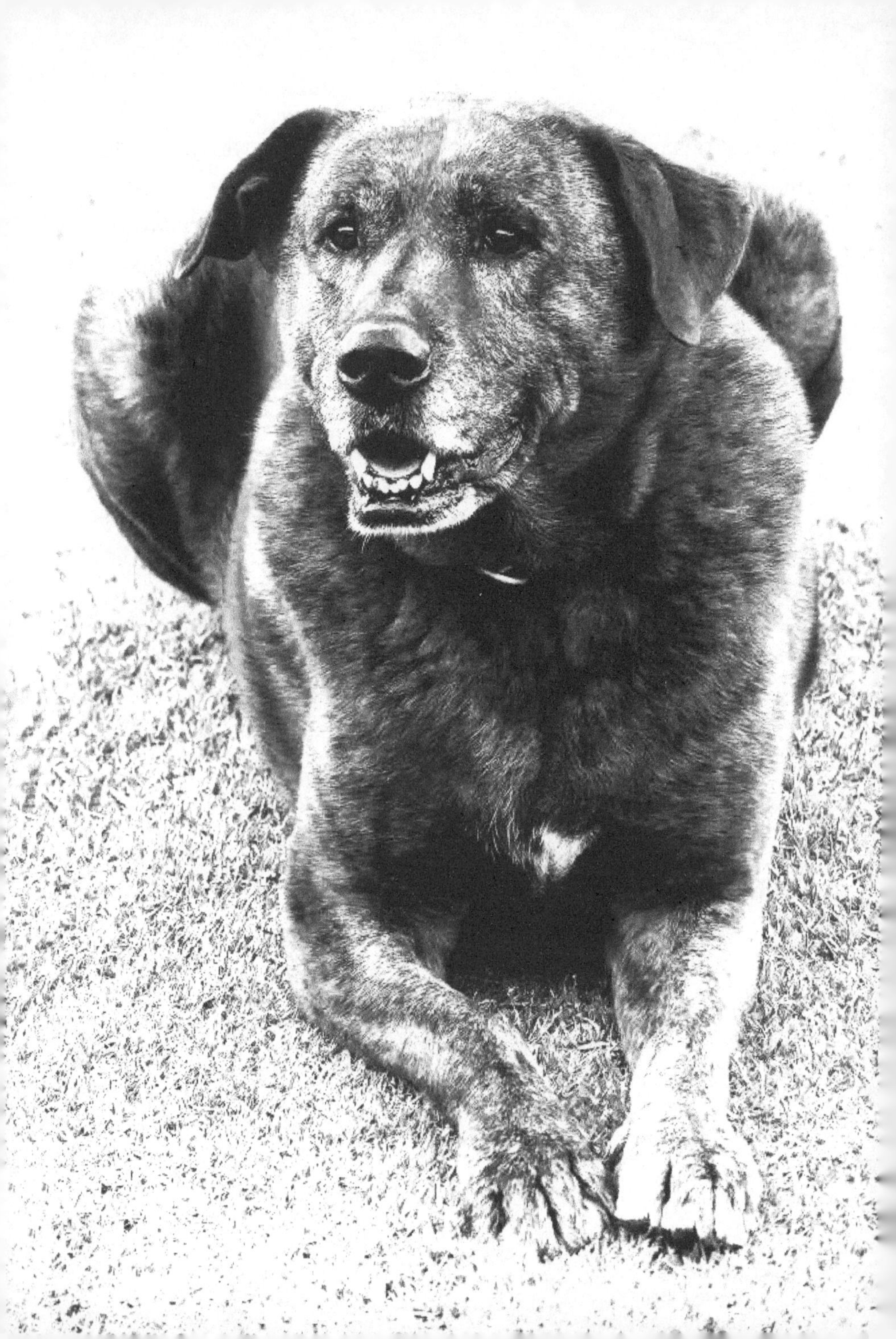

UM SINO SINGULAR

F oi em Almada, ao sul do Tejo, que nasceu Antônio de Souza Cunha. Criou-se junto aos sinos na Fundição Alentejana, de seu pai. Aos 23 anos, ele veio para o Brasil com uns moldes e um caderno de escrituras. Foi para Minas Gerais. Em Botelhos, casou-se, teve filhos e fez sinos. Ali os fundiu, afinou e badalou. Vendeu para todo o país.

Desde pequeno, aprendeu que os sinos não serviam apenas para marcar horas. Sinos convocam as pessoas para as funções sagradas da Igreja, significam e enobrecem suas festas, elevam as almas dos fiéis, imploram auxílio divino contra as tempestades, as pragas e a ferocidade dos espíritos. Enriquecem a entrada de prelados na igreja, ampliam a felicidade e a alegria das procissões, realçam os louvores a Deus. Sinos fazem bem.

Sinos, além de ornamentos e efígies, têm escrituras. Mensagens, em latim, que maciçamente são incorporadas ao badalar. Desde a mais simples *noto horas* ("marco as horas") às mais potentes, como *fulmina frango* ("quebro raios") ou *fulgura compello* ("afasto trovões"). A rica coleção de escrituras estava toda naquele caderno que herdou do pai.

Com o Cunha a afinar e badalar na Fundição, ao longo dos anos, Botelhos cansou-se. *Que cessem os sinos!*, pedia a população ao prefeito. Também ele, o prefeito, estava pelas tampas do incessante rebimbar. Levou a demanda ao Cunha, que ficou indignado com a populaça ignara. *Essa agora! Aqui fazemos instrumentos que dizem à alma, às vezes, falam com Deus. É pouco?*, pensou.

O prefeito foi firme: *Que cessem os sinos!* Cunha não teve jeito, aquiesceu. Revestiu o já abafado quarto de afinação. Mas, insistiu, não abriria mão de badalar as Horas Perigosas: o alvorecer, o crepúsculo, o meio-dia e a meia-noite, quando sabidamente vagam espíritos. Isso foi aceito pelo prefeito, uma questão de segurança.

Cunha então pediu uma inscrição ao primo, diácono no Algarve, cujo latim não era lá essas coisas. Fundiu um poderoso sino de 245 quilos, em *lá*. E assim, dos altos da Fundição, badalava o bruto vigorosamente, quatro vezes ao dia, até o último dos seus.

Seu filho, um marcha lenta, herdou o negócio. Não deu uma semana e, na carroça, levou o sino das Horas Perigosas ao padre. Que assumisse o badalar.

Padre Lino examinou o sino, estranhou a escritura, mas não comentou. Ficava com o sino, que o ajudassem a instalar na igreja. Ajudaram.

No dia 24 de dezembro, véspera de Natal, a igreja estava toda preparada para a Missa do Galo. Iluminada e ornamentada. Padre Lino esperou, esperou e ninguém apareceu. Nem o coroinha. À meia-noite em ponto, Padre Lino deu início à missa com a igreja vazia. Terminou arrasado, apagou as luzes e subiu ao campanário. Ficou lá contemplando os telhados da cidade. Pensando em suas ovelhas, cínicas ovelhas.

Ao alvorecer, ele olhou bem o tal sino e mandou a primeira badalada. E depois a segunda. E então, com gosto, quase tesão, seguiu vibrando o bronze. Com força bruta, intenção.

Desde então, quatro vezes ao dia, ele badala o *totus ad meretrices quae parit*. O sino ecoa forte, por toda a cidade, dos altos da Matriz aos grotões do Viçoso. Aquilo lava a alma do padre. Areja e simplifica. Eleva, revigora e ilumina. Aproxima de Deus.

Sinos fazem bem.

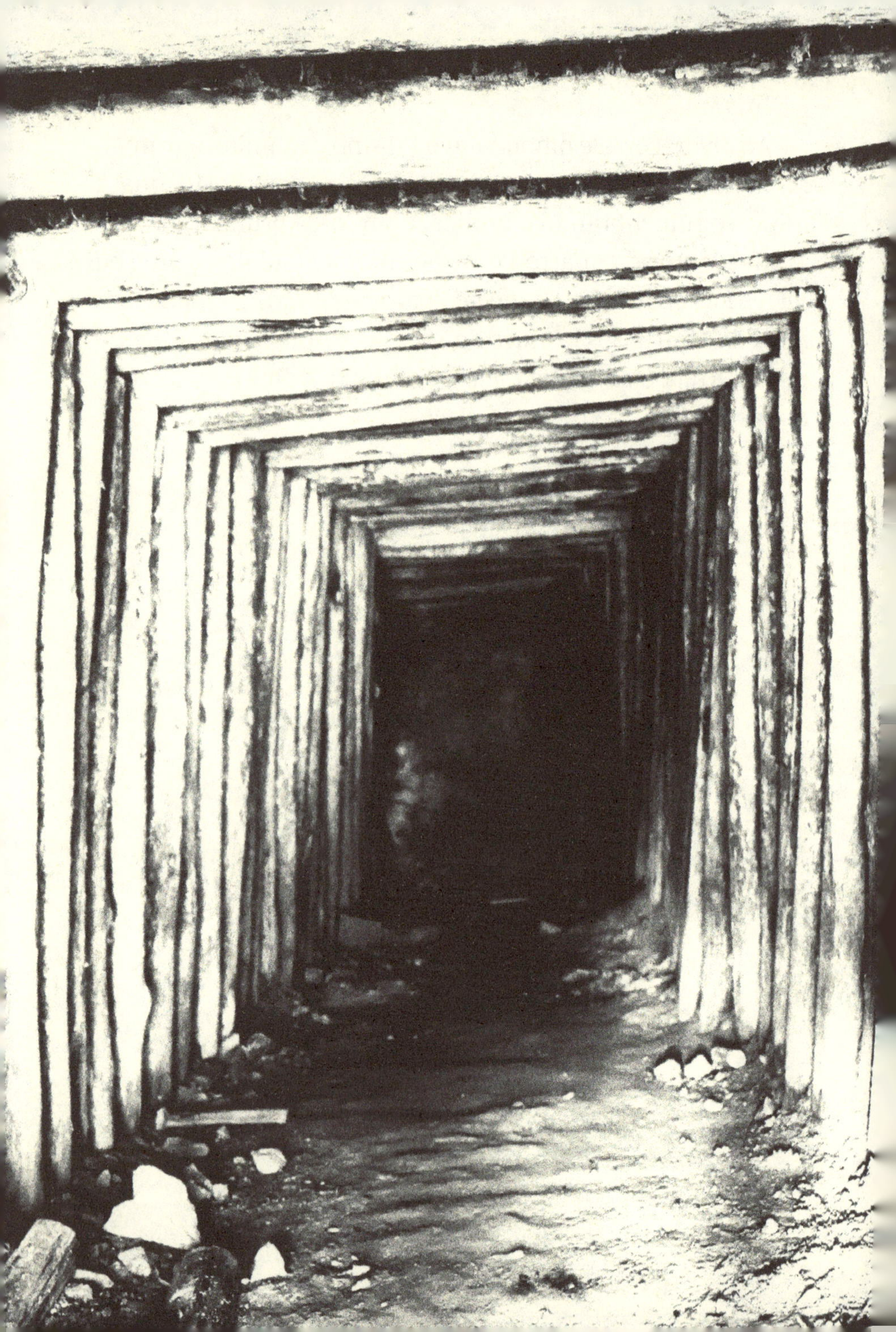

ZUMBIS

Lidar bem com o passado é para poucos. Meu amigo Dino Baggetta é um desses poucos. Na verdade, era. Quase ficou louco.

Lá na infância, quando encerrou a escola primária, virou a página. Nunca mais falou dos peitos da professora. Nem das estrelinhas douradas, nem da Soninha, tampouco do lanche rançoso. Acabou, acabou. Do primário, sobrei eu. Agradeço, somos amigos até hoje.

No ginásio, a mesma coisa. Deixou para trás a paixão pela Bel e a raiva do professor que o perseguiu. Virou a página. Passou, passou. Com ele não se remói o tempo.

No colegial foi o mesmo e depois com a faculdade e, então, por toda a vida. Baggetta gosta das pessoas, desfruta, valoriza, prestigia, respeita e enaltece. Mas acabou, acabou.

Ele pensa a vida em páginas. Há páginas que viram naturalmente com o tempo. Na verdade, o que viram são as circunstâncias. É a natural troca de atores no palco. Surgem páginas novas no lugar de antigas. Quando apropriado, ele volta às antigas. Com respeito, como quem degusta algo raro e delicado.

Há outras páginas, mais sombrias, que ele não vira. Corta cirurgicamente junto à lombada e dá um sumiço. Não fica marca. Se ele olhar para o passado, saberá que houve algo por ali. Não deu certo, mas não havia o mal. A estas não volta mais porque não mais existem. Restam imagens difusas, uma ou outra música, talvez alguns aromas.

E, por fim, há as páginas mais pesadas. Até sinistras. Onde há o mal. Estas, ele arranca. Amassa, queima e joga fora. Destas não sobra nada. É como se jamais tivessem existido.

Não fique a impressão de que Baggetta é insensível, frio ou desatento. Nada disso. É uma pessoa doce, mas que passa ao largo do enroscado e distante dos detalhes. Não perde tempo com bobagem. Leva as coisas bem. Na verdade, levava.

Em dezembro, me perguntou o que eu achava de zumbis. Eu disse que temia o vodu de uma maneira geral. Quanto aos zumbis, propriamente ditos, me assustavam muito. A ideia de que um morto ressurja do túmulo e vague por aí em estado catatônico me atemorizava.

Ele me ouviu ansioso e foi logo atropelando a fala. Disse que estava recebendo mensagens da Soninha. *Imagine!* Paula, aquela amiga gostosíssima da Bel, aparecera do nada. *Acredite!* Recebeu convite para ser amigo do Vicentão, que o espancou no primário. E assim foi desfiando um rosário de aparições que me deixou realmente impressionado. Arrematou com seu característico *Cazzo, esses caras tão loucos!*

Desde que se enredara nesses *sites* de relacionamento, não conseguia mais lidar com o passado como fazia antes. As coisas encerradas estavam ressurgindo a toda hora. As coisas presentes não se encerravam mais. Hoje em dia, todo o passado, a qualquer instante, emerge no presente. Como lidar com essa miríade de pessoas, eventos, relações, memórias, fotos e fatos, amalgamados num *pasticcio* indeglutível?

Não tinha cabeça para isso. Tomara uma decisão drástica. Encerrara seus *e-mails*, seus perfis, se suicidara nos *sites*, nos cadastros, nas listas, nos *chats*, grupos, *twitters* e *blogs*. Em todo lugar. Um trabalhão danado. Desaparecera de todo canto. Sem rastro.

Eu acolhi aquela catarse até o fim, me despedi e voltei para casa. Desconfiado, fiz busca com "*Dino Baggetta*". Não havia nada, absolutamente nada. Casquetada! No estimado trilhão de páginas da web não havia qualquer referência a Dino Baggetta. O *paisano* evaporara. Incrível!

Liguei para ele e confirmei tudo. Mais sereno, ele disse que ia começar tudo de novo. Dessa vez, dissimulado. Com parcimônia. Muita moderação. Extrema cautela. Discreta prudência e, sobretudo, seletividade nos relacionamentos. Pediu-me que anotasse seu novo *e-mail*. Eu anotei turucunda@gmail.com em meus contatos, mas nem associei a Dino Baggetta.

Há que se ter muita cautela nesses ambientes.

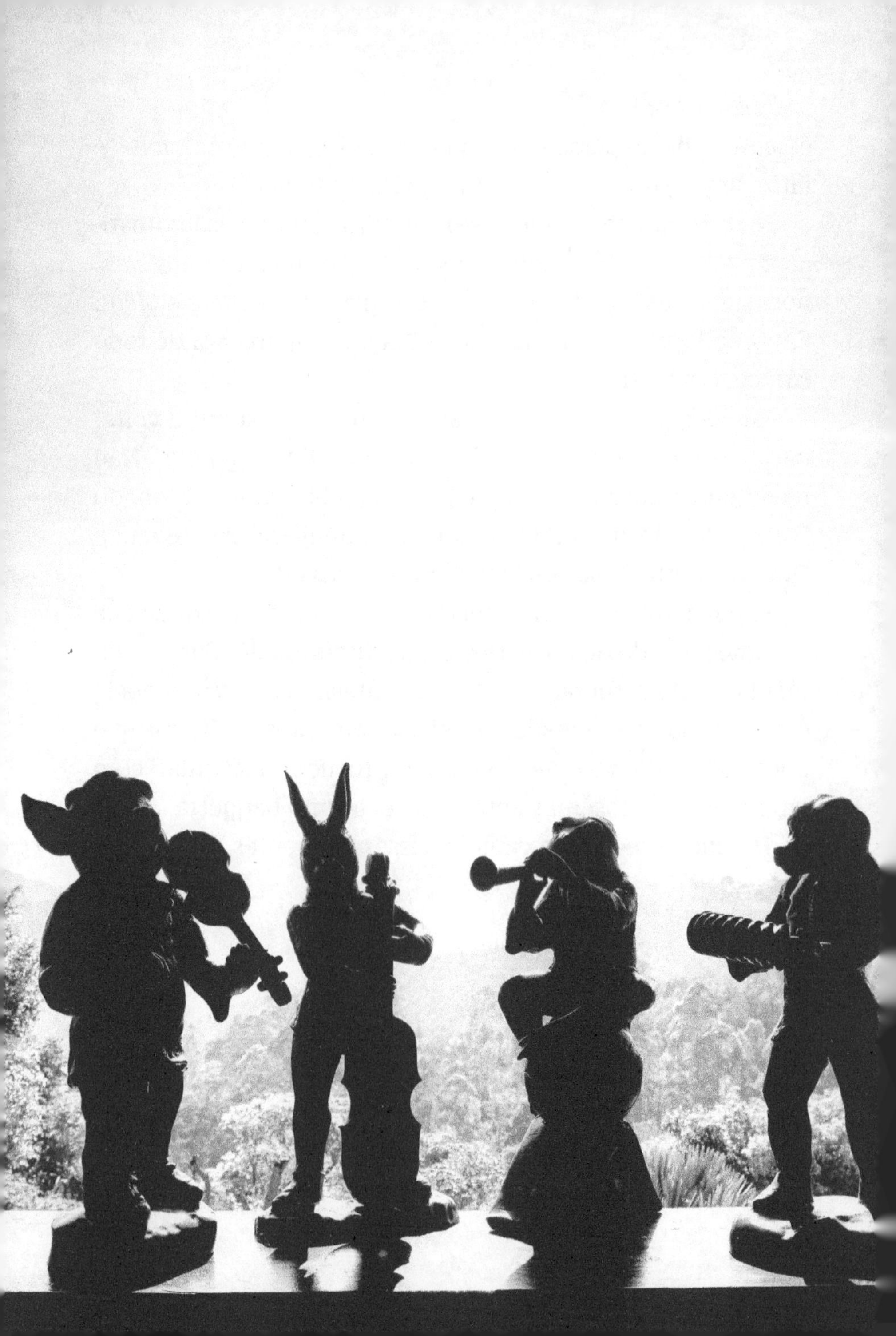

BAR DO ARLINDO

Quem entra pelo corredor lateral chega aos fundos da casa, assentada no espigão da Cerro Corá. É um terreno grande, coberto por uma enorme mangueira que emoldura a vista sobre as árvores da Lapa. Ao fundo, a Serra da Cantareira. Há por lá também uns pés de mexerica, de lima-da-pérsia e de limão. Tem ainda carambola, romã e um solitário pé de uvaia que, em novembro, perfuma toda a vizinhança.

Nesse quintal, há tempos, o Arlindo espalhou umas mesinhas com cadeiras de braço e um banco. Montou um bar que, por falta de nome, chamam de Bar do Arlindo. Abre quando ele fecha a mercearia. Aos que perguntam a que horas fecha a mercearia, ele diz: *Na hora de abrir o bar.* Assim é o Arlindo.

Ele cuida das bebidas e a mulher, Fátima, serve petiscos variados. Sempre sobre tábuas de cozinha. Assim, os dois atendem a vizinhança e os poucos que vêm de fora. Há por lá também os veteranos do dominó e um casalzinho que namora sempre no banco da mangueira. O ambiente é sereno, silencioso, agradável. Não tem TV, não tem rádio. Só o canto de pássaros soltos. Até o Paçoca, cachorro do Arlindo, é tranquilo, respeitoso.

Dezembro passado, a uvaia estava perfumada, caindo do pé. Eu pedi pro Arlindo me amassar umas tantas com muito gelo e pouco açúcar. Que usasse *gin*.

Eu estava bebericando aquela maravilha ao pôr do sol, quando, sem mais nem menos, sentou à minha mesa um chato que já me roubara a paz em outras ocasiões. Eu já tinha avisado Arlindo: *Esse cara vai acabar com o seu bar.*

O sujeito, sem pedir licença, já se sentou falando e não parou mais. Sem pedir perdão, sem dar descanso. Falando alto, falando de si. Sem misericórdia. Em poucos minutos, afugentou a turma do dominó e espantou o casalzinho do banco. Até o Paçoca se inquietou.

O desgraçado, sem graça alguma, não se enxergava. Presunçoso, excretava palavras respingando saliva no meu rosto. Eu abaixava a cabeça e ele seguia descarregando seu lixo na minha mente desprotegida.

Porque respeito muito Arlindo e não sou dado à violência, fui tolerando. Talvez alguém chegasse. Talvez alguém me salvasse. Talvez ele tivesse um enfarte. Mas nada disso ocorreu. O animal não parava de falar.

Eu já estava perdendo o controle, quando Arlindo sentou à mesa e ofereceu ao imbecil um enorme copo de uvaia gin: *Brinde da casa! Até as sete a boca é livre.*

Talvez ele quisesse afogar aquela cloaca, conter a evacuação verbal. Eu não conseguia mais pensar direito.

O idiota seguiu falando por mais dois longos copos. Falava e falava. De suas ideias, de sua importância, de seus feitos e seus admiradores. Quanto lixo!

Lá pelas tantas, Arlindo voltou, olhou para mim e disse que Fátima precisava falar comigo. Eu levantei aliviado e fui para a cozinha.

Ela foi direta: *Arlindo pediu para você pegar essa tábua e, por trás, bater forte na orelha direita do cliente.* Só depois entendi por que a direita.

Voltei à mesa decidido, me lembrei dos meus tempos de taco, girei o corpo com tudo. Acertei uma tremenda chapoletada na orelha do animal. Que prazer!

O bicho desmontou na hora e a boca, enfim, parou de mexer. Restaurou-se a paz.

Arlindo arranjou o corpo no chão, com a face atingida para baixo, e pegou o celular dele na mesa. Fez umas buscas e ligou: *A senhora é a esposa do Seu Nicolau?*

Disse que o marido dela havia enchido a cara além da conta, atacara a Dona Fátima e, por fim, desmaiara de cara no chão. Que ela tirasse o corpo de lá em meia hora.

A infeliz chegou com o desafortunado filho, arrastaram o corpo para o carro e pediram desculpas. Arlindo disse que, se ele aparecesse lá outra vez, chamaria a polícia. Tinha testemunhas.

Assim é que Arlindo, com critérios rigorosos e métodos pouco ortodoxos, vem mantendo o alto padrão da casa. Uma das mais exclusivas da noite paulistana. Sequer aparece nos guias da cidade.

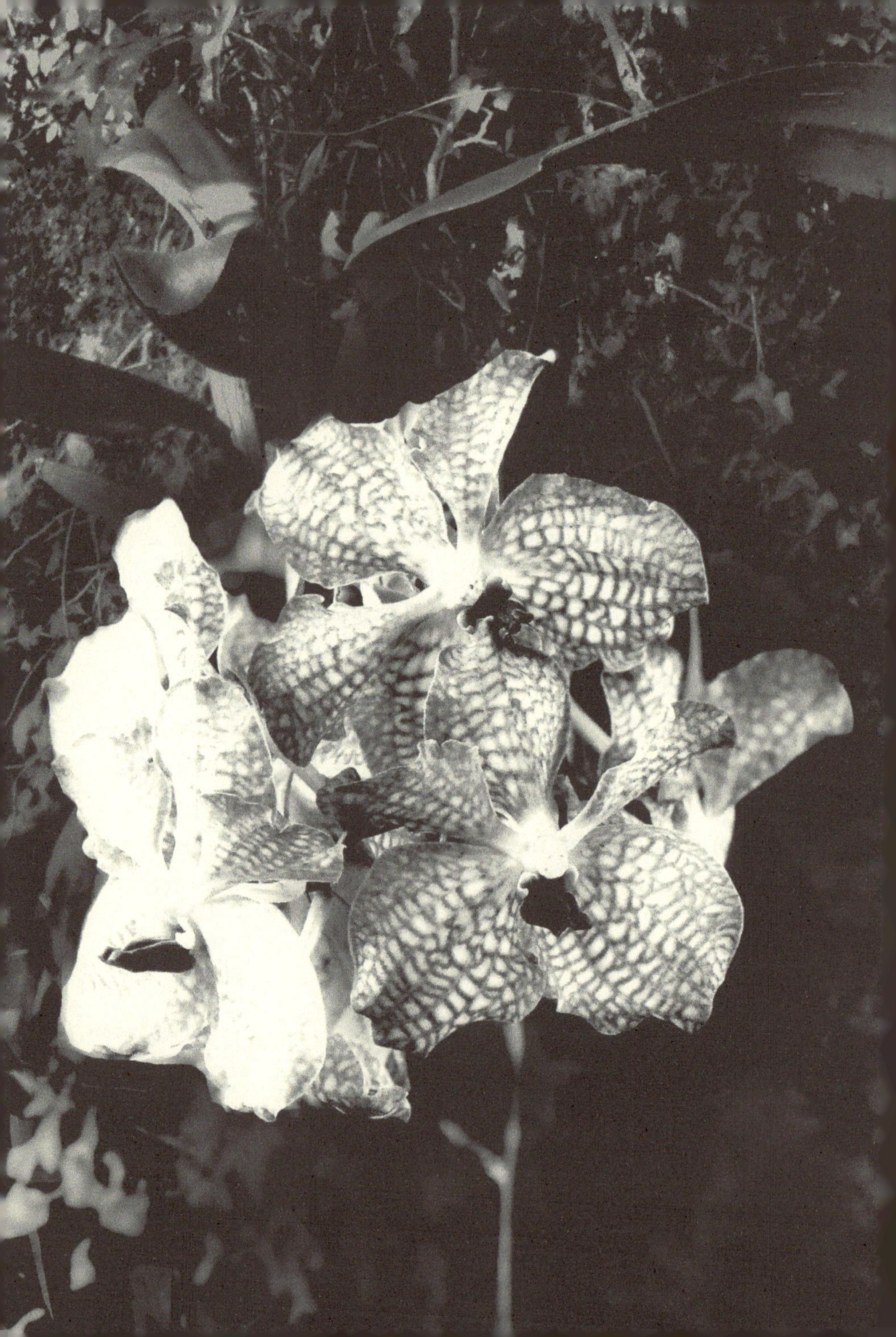

O JARDIM DAS DELÍCIAS TERRENAS

No dia 31 de março de 1520, Fernão de Magalhães desembarcou na gelada Bahia de San Julian e estabeleceu contato com os *tehuelches*. Eram homens grandes. Andavam com o corpo enrolado em peles. E também os pés, como grandes patas. Magalhães, assim, os chamou de Patagones, relata Pigafetta, seu escrivão. Até hoje, persiste em nossas mentes a imagem de homens grandes numa terra longínqua.

Paco Sanchen é um *tehuelche* puro sangue. Patagão, nasceu em Puerto Chacabuco, Chile. Lá, o tempo é sempre frio, chuvoso e ventoso. O inverno é gelado e muito escuro. Ademais, há terremotos na região. Em Puerto Chacabuco, se veem poucos homens pelas ruas, nenhuma mulher. A vida é duríssima. Por lá param os navios que vão para a geleira San Rafael, Punta Arenas, Ushuaia e os que passarão o Cabo Horn, rumo ao Atlântico. Paco trabalhou anos nas operações do porto. Embarque e desembarque. Um trabalho pesado, barulhento e molhado. Aquilo era o inferno.

No dia 21 de abril de 2007, veio o grande terremoto. Sete na Richter. A Terra rosnou. Como nunca. O mundo tremeu e tudo caiu. Porque ali não havia paz, em poucas semanas ele embarcou de taifeiro em um navio da McCormack rumo à Flórida. Com escalas na Argentina e no Brasil.

No navio, fez muitas perguntas e, por fim, um único plano. Informado e resoluto, depois de trinta dias, pediu adiantamento. Iria fazer compras em Fortaleza. Desceu no porto, assuntou com muita gente e foi para Jericoacoara. De jardineira. No navio, entenderam que ele havia sido assassinado e zarparam.

Ele chegou a Jericoacoara ao entardecer. Encantado, viu o povoado cheio de velas, coqueiros e música. Gente alegre descalça na areia cálida. Gente de toda parte do mundo. Um manto de felicidade cobria a pequena vila. Nunca viu tanta mulher. Aliás, nem sabia que havia tanta mulher. Ainda mais daquele jeito.

Sentiu que havia acertado. Talvez houvesse para ele um lugar ali. Ficou encantado com as praias, as dunas, a brisa e as lagoas. E o verde das lagoas? E a temperatura da água? Ademais, conviviam pessoas, cachorros, gatos, vacas e jegues. Todos soltos, felizes em harmonia. O paraíso.

Em poucos meses, arrumou seu canto no Beco Doce. Fazia *ceviche* para os restaurantes. Andava pelas praias, dunas e lagoas. Nadava. Todo dia, irmanado, aplaudia o pôr do sol. Viveu um ano de paz.

Mas, um dia, aprendeu a massagem com Melina, a grega. O olho dela brilhou quando soube que ele era um patagão. Na hora, ele viu que havia magia naquilo. Havia aura. Não demorou muito e pendurou em sua porta a placa *Patagonische Massage – Native Masseur*. Até um japonês entenderia aquilo. Foi tiro e queda.

Em pouco tempo estava lotado. Das dez às sete. O patagão atendia o imaginário, não só o imaginário, de espanholas, francesas, alemãs, suecas e holandesas. Uma atrás da outra. Não dava mais para ver o pôr do sol. Nem lagoas, nem praia, nem duna. Ademais, bebia toda noite. Caipirinha. Uma atrás da outra. Começaram os rolos, os rabichos e as encrencas. Ficava arrebentado.

Aconselhado pela vizinha, procurou auxílio do Prof. Miranda, um filósofo, consultor espiritual, que morava na Principal. O patagão falou de seu passado, sua vida e seu problema. Que vergonha, dizer que tinha problema! O professor ouviu tudo serenamente, puxou um Petrarca da prateleira e leu: *Quem busca a paz, que evite a mulher, fonte perpétua de conflito e aborrecimento*. Mas não parou por aí. Paciente, emanou sapiência por mais meia hora. O patagão, limitado, percebeu a ideia geral das coisas.

Hoje, ele está bem. Não pensa mais em paz, inferno e paraíso, estas bobagens. Só atende três por dia. Toma *Lillet Tônica* e dorme cedo.

Fazer o quê?

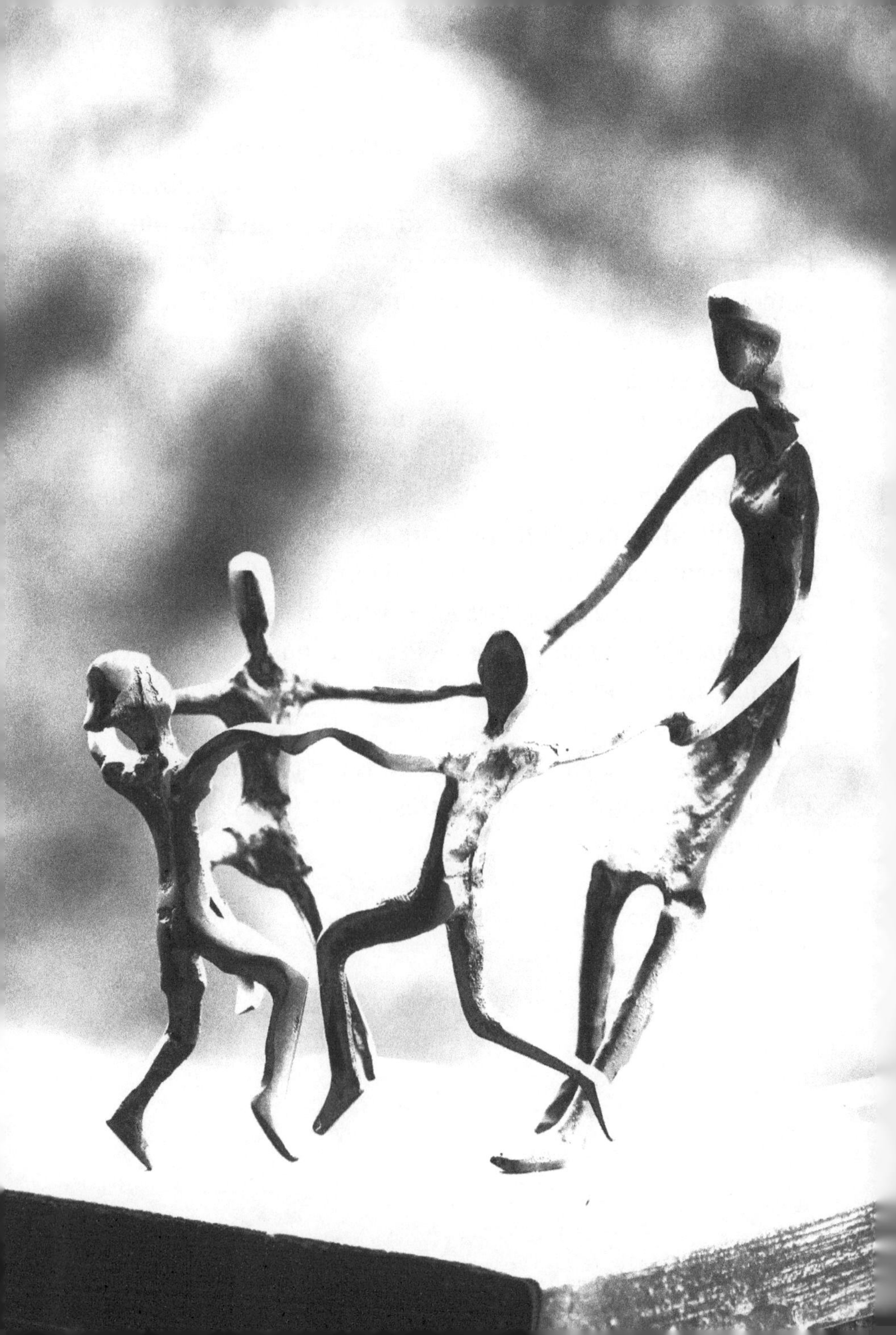

GRAÇAS A DEUS

Canoas coloridas em bagageiros de carros sinalizam alegria e despertam curiosidade. Sobretudo em bar de cidade pequena. É conversa pra mais de metro. Assim foi naquela sexta-feira de abril em que nos encontramos em Buri, para descer o Apiaí-Guaçu. Eurico, encarregado da logística, não havia preparado nada. *No bar se pergunta e no bar se resolve.* É o jeito dele.

As pessoas foram se acercando e, lá pelas tantas, um baixinho bigodudo engatou firme na conversa. Queria saber detalhes das canoas e da tralha. Bebia, bebia muito, e falava bem o danado.

A certa altura, sério, olhou para todos e disse que nos receberia em seu rancho, rio abaixo. *Graças a Deus* podia nos oferecer pouso. *Graças a Deus* era a argamassa do seu discurso. Fiquei curioso e inquieto. No dia seguinte, saímos cedo e, no fim da tarde, fomos aportar em seu rancho, conforme o combinado. Ele já tinha o fogo aceso, carnes, cerveja e gelo. Entornou todas; nós também, mas ele, cutucado, entregou o leite.

Quando jovem, foi professor, casado e com cinco filhos para criar. Apertado de dinheiro, atendeu o convite de um primo para coordenar atividade de recepção, ocultação e distribuição de mercadorias de procedência estrangeira, acompanhadas de documentação sabidamente falsa. Mais precisamente, contrabando de câmeras fotográficas para uma grande rede nacional. *Minha contribuição à arte da fotografia*, falou de esguelha. Por quinze anos, conduziu a operação em pleno Aeroporto Internacional de Guarulhos.

Era uma coisa de cachorro grande mesmo. Um esquemão engraxado desde baixo até lá em cima. Qualquer derrapada e ele, laranja, pegaria quatro anos de cana: artigo 334 do Código Penal. Preso, preso mesmo, não ficaria. O chefão do esquema era bem relacionado. Mas e ele? Tinha sua reputação. Tinha família, filhos, amigos e parentes. Foram os quinze anos na beira do abismo. Aposentou-se da tramoia em 1998, imaculado. Entendi, assim, o *Graças a Deus*.

Descuidado, perguntei como poderia Deus protegê-lo, só ele no crime contra toda a sociedade. Ele disse que era bobagem isso de um Deus único que engessa tudo e a todos. Ele era chegado num politeísmo à grega: muitos deuses, especializados, mais próximos e participativos. *Hoje, o mundo é mais personalizado e complexo*, disse. *E tem mais, é preciso atualizar o Olimpo! Veja lá se Atena, Apolo, Eros, Ares, essa turma antiga, dá conta do recado, das particularidades de cada um. Hermes ainda ajuda um contrabando, mas não é lá essas coisas. Eu tenho o meu próprio*, disse olhando outra vez para cima.

Assim comprou sua casa, criou seus filhos e amparou seus velhos. Pôde construir seu rancho à beira do rio, para receber amigos e oferecer sua cama. Essas palavras me comoveram porque o Eurico, com as costas estouradas, iria dormir na cama dele.

Ele perguntou se eu já havia comprado um DVDzinho pirata, um uisquezinho paraguaio, coisa assim. *É tudo artigo 334*, disse acumpliciado. Cansado, agradeci por tudo e fui armar minha barraca. O pessoal ficou lá proseando até mais tarde.

Deixei de lado minhas suposições cotidianas e dormi encantado com esse politeísmo contemporâneo, muito mais especializado, bem personalizado. Uma teologia que acolhe, resolve e acalanta.

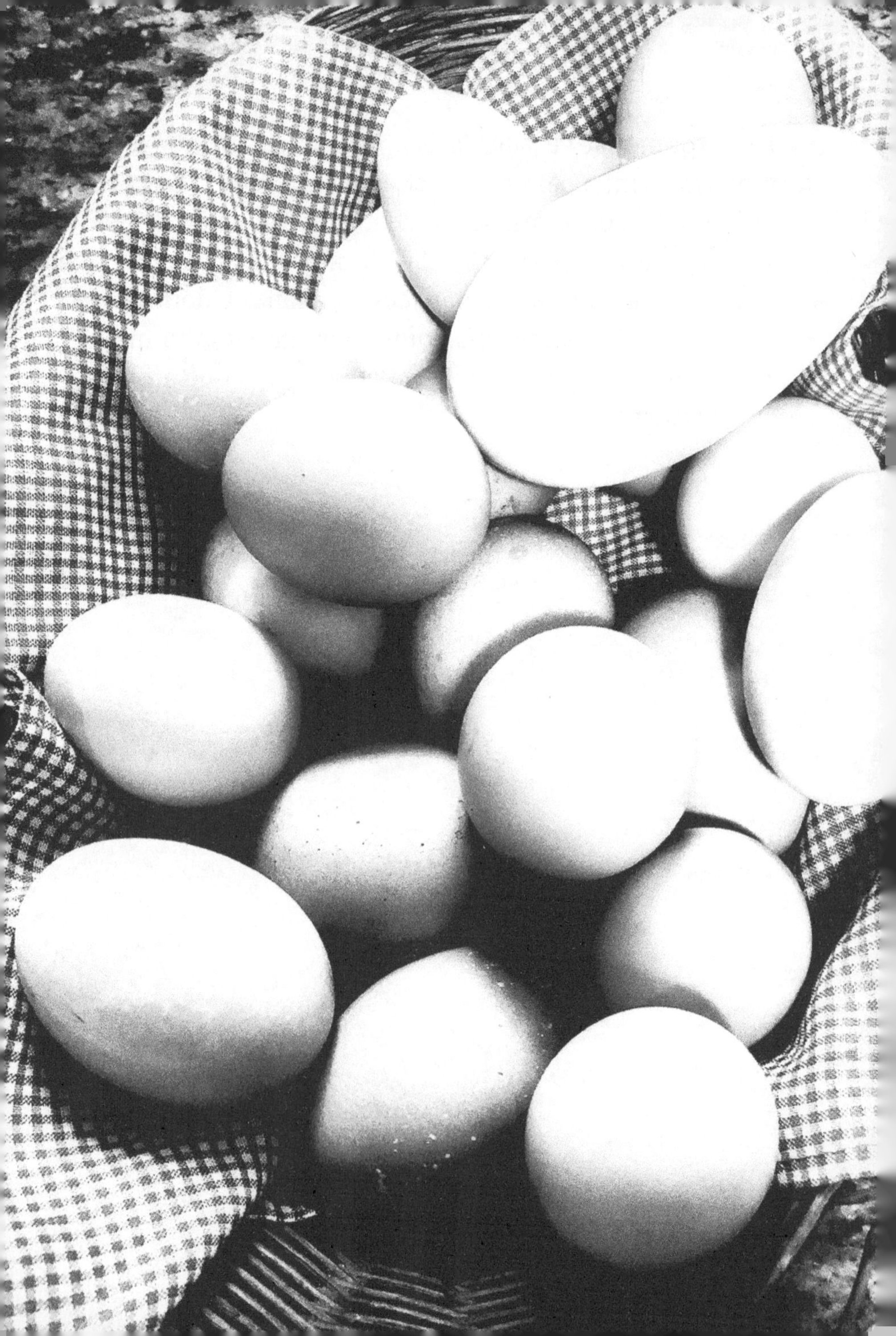

GENERALIZAÇÕES

José Mindlin disse e acolho que todo livro que se procura e não se consegue encontrar é raro. Melhor dizendo, que se procura e com muita sorte se consegue encontrar é raro.

Generalizações são muito perigosas, mas, nesse curioso caso, livro pode ser assimilado a mulher. Graças a Deus.

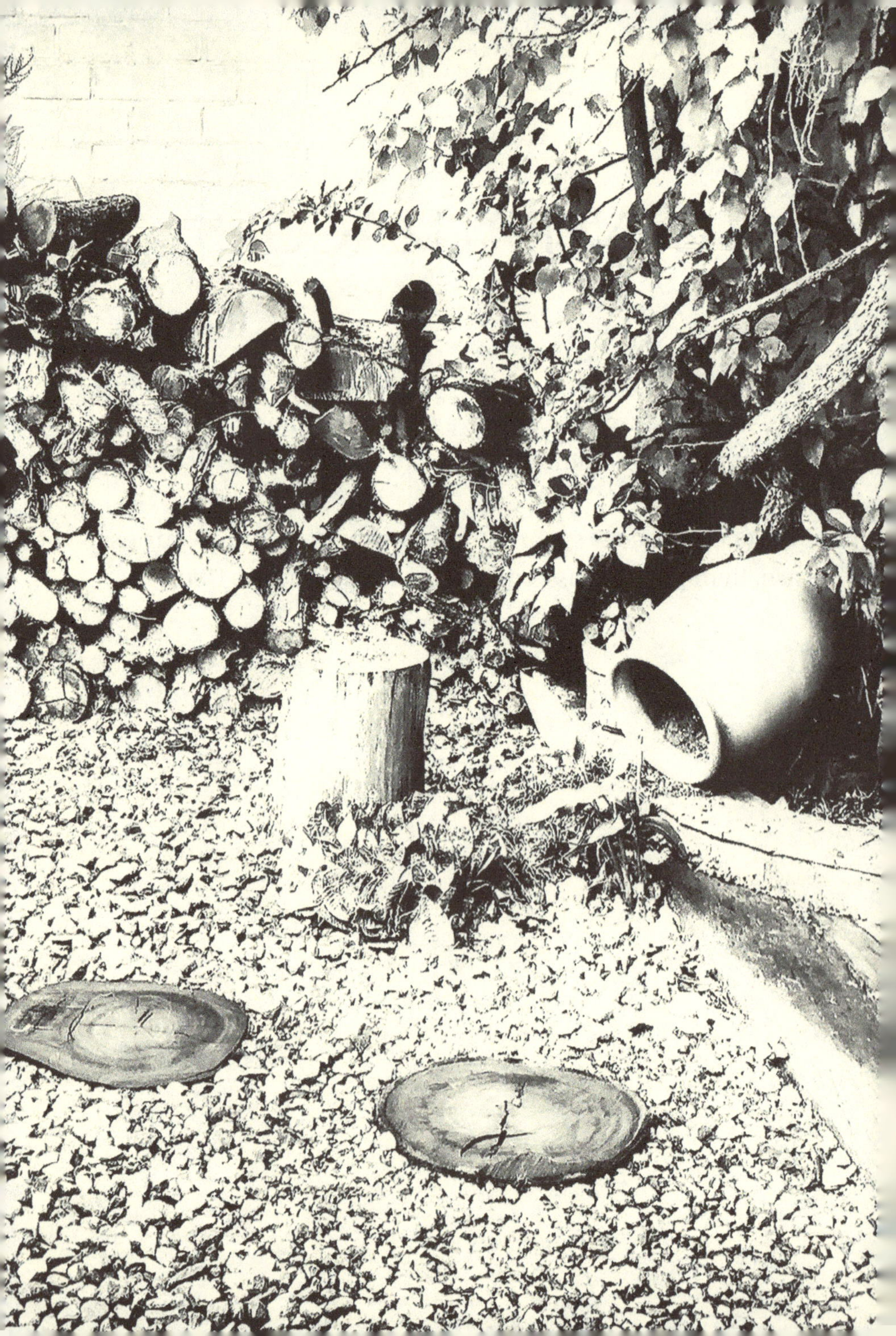

CRUZEIRO

Cardoso nunca ouvira falar de bodas de marfim quando o sócio o avisou que se ausentaria do escritório por uma semana. Comemoraria os quinze anos de casamento em um cruzeiro, uma surpresa para a mulher.

Mayara, secretária dos dois, que estava por lá, disse na lata: *É uma semana na praça de alimentação de shopping no domingo!* O Cardoso sentiu veneno naquelas palavras. Que falta de sensibilidade!

O sócio, sempre gelado, não deu bola.

Nas semanas que antecederam a viagem, a Mayara ainda comentou com o Cardoso que *em shopping, de domingo, pelo menos tem cachorro latindo, que distrai a atenção das crianças chorando.* Cardoso sentiu veneno naquilo.

Cardoso foi dar uma olhada no *site* do tal *Calystra of the Oceans*. Havia um sorridente casal sentado em elegante mesa na praia: taças de vinho branco, louça branca e guardanapos brancos. No mar, ao fundo, o *Calystra of the Oceans*. Muito chique!

Ele estava ali sonhando quando a Mayara, por trás, disse que *a foto não mostrava a temperatura, nem os mosquitos nem as formigas*. Apontou o navio que aparecia ao fundo, no mar, a uns dez quilômetros, e foi dura: *De longe parece iate, mas é uma gaiola para duas mil almas.* Cardoso pensou no desembarque na Normandia e, irritado, disse a ela que não dissesse nada ao sócio. Ela disse: *Tá bem.*

Passou pela cabeça do Cardoso que Mayara talvez tivesse alguma coisa com o sócio. Por que insistir assim? Equilibrou--se. O mundo não é assim tão cheio de sacanagem. Ademais o sócio era certinho e não entraria numa dessas. E mais, Mayara sempre fora afinada com a mulher do sócio.

O sócio partiu, Mayara ficou abatida e Cardoso encafifado.

Quando o sócio voltou, foram almoçar juntos. O cruzeiro havia sido absolutamente normal: intoxicações, dois suicídios e um idoso jogado ao mar, por sobre a balaustrada. *Esse povo come demais, bebe demais e faz merda.* Cardoso perguntou: *E vocês?*

O sócio, sereno como sempre, disse que a mulher não saíra da cabine. Ele comera como um cachaço e bebera como um gambá. Perdeu dinheiro na roleta e se machucou na academia. Então, casualmente, disse que o casamento havia ido para o ralo. Só descobrira lá. A mulher o estava largando pela Mayara. *Sim, a Mayara!* Dá pra acreditar? *E tem mais,* emendou de cabeça baixa, *isso já tá rolando faz tempo.*

Cardoso, que traçava a mulher do sócio e vez por outra dava uma picotada na Mayara, recebeu o tranco e expressou sua surpresa: *Não me diga uma coisa destas!* O sócio prosseguiu: *Isso não é tudo, na volta contamos tudo pras crianças e a maior perguntou: Qual é o problema, pai? Você é homofóbico?*

Caceta!, disse Cardoso.

Cardoso pensou nas duas, teve um pulso de luxúria, respirou fundo e disse com firmeza: *O mundo está louco! Veja lá se tem cabimento fazer essa pergunta? Onde foi a educação das nossas crianças? O que elas pensam da vida?*

O sócio, abatido, só balançava a cabeça e disse: *Pois é, rapaz, faltam referências morais.* Cardoso, pensativo, disse: *É isso, referências morais.* Conversaram mais um pouco, umas bobagens, e foram jogar sinuca.

Cardoso também estava machucado, claro.

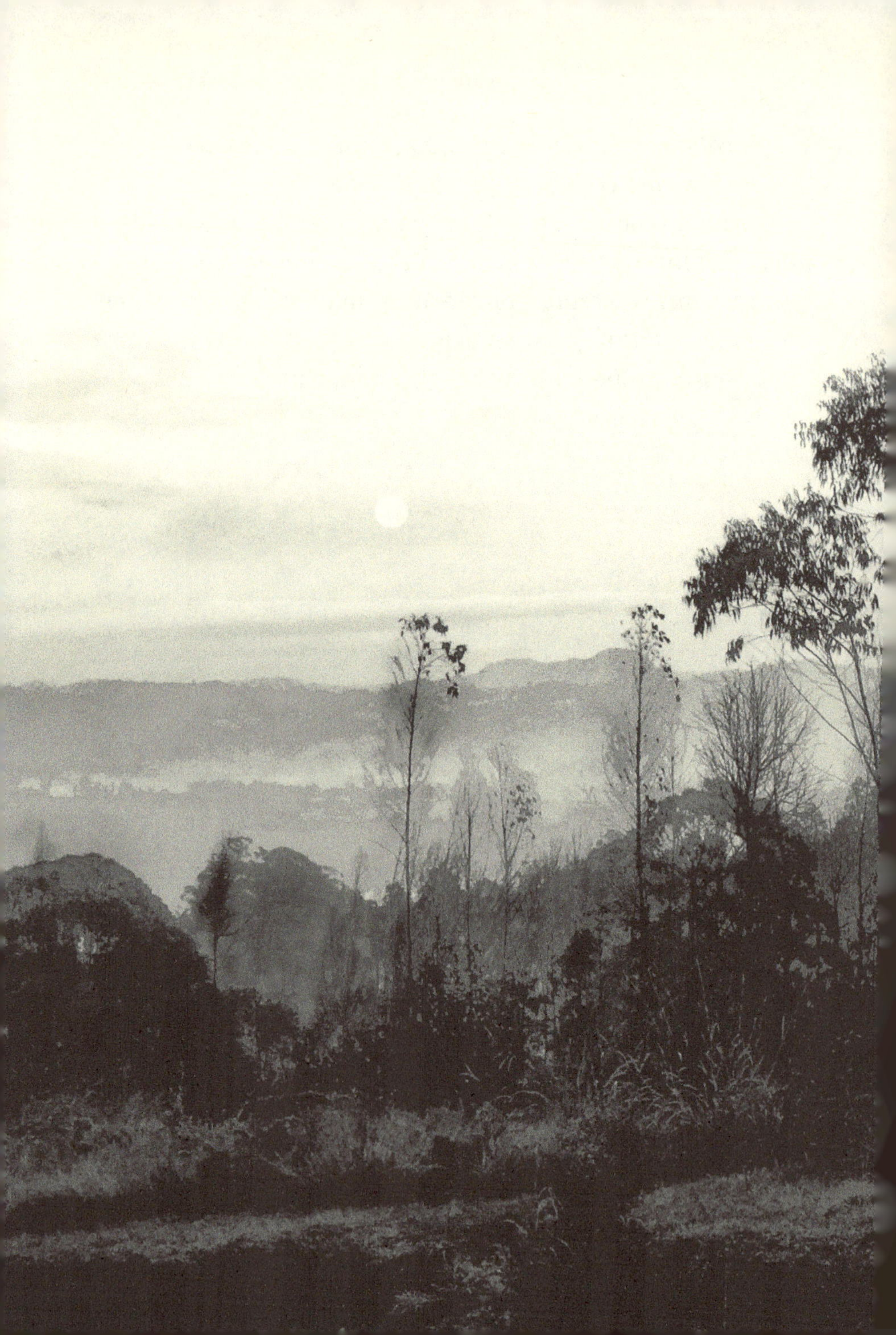

CONVERSAS ESTRANHAS

Da minha varanda, mais abaixo, eu via a casa deles e parte do jardim. Dr. Sinésio e Dona Ana. Um casal idoso, simpático e harmônico, uma beleza. Os afazeres eram bem divididos entre eles. A mulher cuidava da casa e ele, do jardim. Ela entendia de tortas, massas e bolos. Ele sabia bem de jardim.

A princípio, só mexia com plantas. Depois, muito aos poucos, foi introduzindo esculturas. A primeira ele trouxe de Tiradentes, um grande sapo em granito. Depois trouxe um lagarto do Embu e, então, uma leoa de Gonçalves. Depois vieram muitas outras, todas de pedra. As peças foram aos poucos encontrando seu lugar.

Quando andávamos pelo jardim, ele fazia um comentário ou outro sobre cada uma delas. Sobre as formas, o porte, a posição, a orientação e logo sobre as sombras. Só bem mais tarde veio a falar do líquen que as escurecia.

Ele andava a toda hora pelo jardim. Como a buscar um lugar para cada uma. Mas eram elas que, como cachorro em varanda, iam aos poucos se ajeitando.

Eram umas vinte estátuas bem assentadas. Relacionadas com o relevo e a vegetação. Uma beleza. Com o tempo fui entendendo o conjunto. Fui sentindo que tudo se acomodava.

Quase todo sábado almoçávamos juntos. Em minha casa ou na casa dele, lá embaixo, junto ao Igavetá. Depois do almoço ele gostava de fumar um charuto. Caminhávamos pelo jardim. A mulher dele tinha esse pequeno defeito: não podia com o cheiro do tabaco.

Certa feita, ele pontuou que as estátuas traziam temporalidade aos jardins. Comentei que a temporalidade é própria dos jardins. Uma obviedade. Mas ele não falava dos ciclos anuais, e sim de outra temporalidade. Falava do perene, do duradouro, do que atravessa o tempo. Estátuas dão a sensação de que sempre houve e sempre haverá. Plantas, ao contrário, dizem sobre o que é e o efêmero que está por vir. Esse contraste das duas temporalidades, refletiu Sinésio, talvez fosse o encanto essencial de jardins com estátuas.

Gostei muito daquilo e guardei para mim. Quando ia à casa dele, eu percebia aquele contraste misterioso, mas nunca mais tocamos no assunto. Talvez para não perder o encanto.

Já tem uns dez anos, Sinésio nos deixou. Foi um baque duro para nós. Em pouco tempo a viúva também se foi, que tristeza.

Vieram então os novos moradores.

Com minhas caminhadas, fui me acercando deles, bem mais jovens. Convidado para uma limonada gelada, prontamente aceitei. Conversamos bastante. Nada disse de minha proximidade com Sinésio. Vi que cuidavam bem da casa e do jardim. Quase tudo estava do mesmo jeito. As estátuas permaneciam no mesmo lugar. Olhando. Sinésio jamais havia me comentado que estátuas olham, sobretudo estas de animais. Decerto ele sabia.

    Vez por outra, volto por lá. Levo umas frutas do meu pomar, coisa assim. Converso, mas não falo de jardim. Não digo para eles que aquelas estátuas trazem Sinésio no tempo. Mas trazem só para mim, que hoje desconfio que Sinésio com elas queria mesmo é ser levado além. Bem além do que seu corpo permitia. Sinésio está ali agora.

    Esse prolongamento da existência dele, entretanto, está restrito à minha duração. Uma forte limitação sobre a qual não tenho controle algum. Hoje acho que posso ajudá-lo contando o meu entendimento para os jovens. Eles, então, o carregariam por muitos anos. Eu iria junto, claro. Como são moços, com muito tempo à frente, a ideia me parece boa. Na verdade, ótima. Não só porque vou junto, mas porque Sinésio sempre foi uma excelente companhia.

    Vou achar um jeito de falar com eles. Com muito cuidado para não os assustar, porque essas conversas sempre podem soar estranhas.

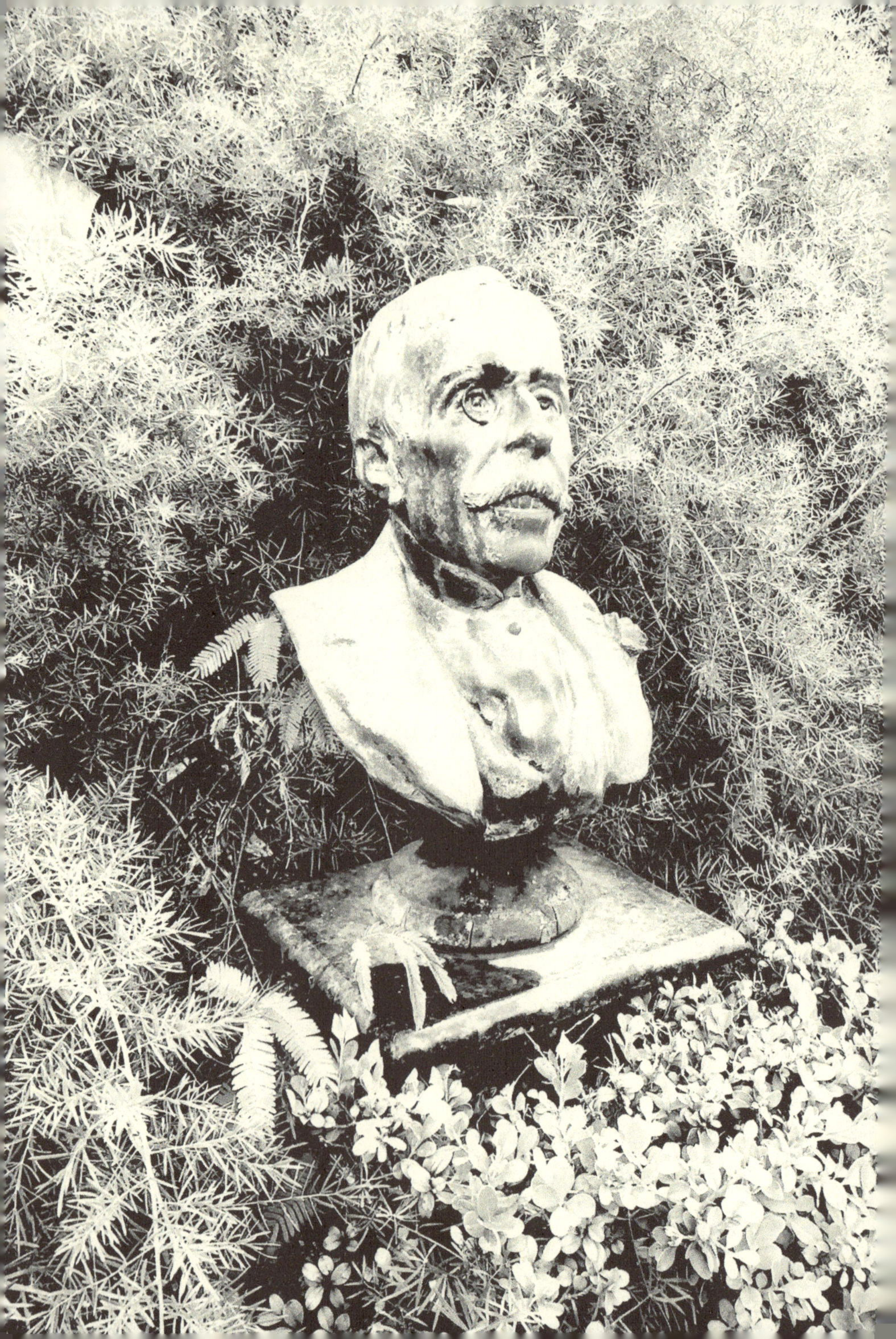

FOKKER-50

Já na infância, alguns poucos são abençoados com professores que ensinam a curiosidade sadia. Despercebidos, ingenuamente, aprendem a gradualmente descobrir o mundo. Observando, lendo e ouvindo, estarão sempre a construir. Como cachorros felizes em janelas de carros, que vão farejando e desfrutando o mundo.

Borelli foi assim abençoado e, não obstante ter feito Engenharia, manteve seus interesses em Geografia. Uma coisa que sempre o intrigou foi a dificuldade de experimentar a disciplina em certas escalas. Pode-se ler muito sobre bicicletas e experimentá-las também. É muito difícil experimentar os Andes, questão de escala e ponto de vista. Se experimenta um bibelô, mas não se experimenta uma estátua equestre. Foi assim, com estas pequenas reflexões, que Borelli foi se interessando por aviação, logo chegando à conclusão de que a obsessão com eficiência e economia matou a possibilidade de experimentar a Geografia. Viajar a 900 quilômetros por hora, acima das nuvens, dentro de um tubo era para Borelli uma perda de tempo.

Mas quis o acaso que a Borelli coubesse gerenciar duas obras em Londrina, à época servida pelos Fokker-50, o último dos aviões razoáveis, pensava Borelli. O turbo-hélice de asa alta voava a 5.000 metros, cruzando a 500 quilômetros por hora, com grandes janelas, sem qualquer obstrução.

A mulher e os filhos logo se resignaram com as viagens semanais dele. Ele saía de São Paulo na terça cedo, com escala em Curitiba, ia na última poltrona do fundo à direita, a 14D. Observava toda a BR-116 encaixada no fundo do vale, a Cachoeira da Fumaça, o Juquiá, os meandros do Ribeira, mais adiante o Turvo e a represa do Capivari na chegada a Curitiba. Já na perna para Londrina, o voo seguia o Tibagi e logo deslizava sobre o recortado tapete de soja e milho. No inverno, o trigo.

Voltava sexta, num voo vazio de tudo, que vinha de Cuiabá, com escala em Londrina. Também sentava na mesma 14D, para observar o Paranapanema, a Represa de Jurumirim e, já chegando, o imponente Vuturuna. Sem bagagem alguma, levava só um livro para ler na espera.

Assim, tanto na ida quanto na volta, experimentava esta porção da Terra como quem acompanha um jardim ao longo do ano, nas suas culturas, nas suas estações, nos dias ensolarados, nos melancólicos, nos chuvosos, na neblina e na incerteza. Feliz como um cachorro. Sem o olfato, mas com um repertório de ideias bem melhor, considerava Borelli.

Mas essas repetições longas às vezes têm descontinuidades. Foi o que ocorreu naquele abril de 1993. Ele foi para o aeroporto de Londrina e ficou lendo à espera do voo sempre vazio que vinha de Cuiabá. Na mão o 14D. Só ele à espera do voo, estranhou. Aeroporto pequeno, viu e ouviu a chegada do Fokker-50, passou no portão e caminhou pela pista até o avião.

Foi só entrar no avião e perceber o tamanho da encrenca. Avião lotado, gente de pé esticando as pernas e o fundão cheio de homens embriagados falando alto. A sua 14D estava vazia, sozinha, isolada no meio daquela algazarra. A aeromoça, que ele conhecia bem, deu um olhar de *não vai ser fácil* para ele.

Ele foi chegando ao fundo e um deles, ao lado da 14D, gritou um simpático *Padre, senta aqui com a gente!* Sim, Borelli parecia um padre: careca com barba grande e com um livro à mão na altura do peito. Um padre.

Aquele "padre, senta aqui com a gente" inoculou alegria imediata no grupo, que reverberou *boa padre, boa padre* e foi abrindo lugar para ele sentar na 14D. Ele sentou-se sorrindo sem graça. *Que sinuca!* A decisão foi rápida. Pediu à aeromoça um uísque duplo sem gelo, que veio triplo, naquele copinho plástico sem-vergonha. Eram pescadores de Santo André que voltavam das barrancas do Rio Cuiabá, onde estiveram duas semanas.

Pescador mente, pescador bêbado exulta, delira, transborda. Fantasias de peixes grandes, peixes valentes, peixes perdidos. Os inevitáveis embates no truco, narrados com entusiasmo na língua enrolada.

E o tal do Gravina, que ficou as duas semanas de pijama? O mesmo pijama, insistiam. Juvenal que nem desceu até o rio. O arroz que queimou, o querosene que virou. A pinga que acabou. Por fim, falaram das moças que o Abílio trouxe de Rosário do Oeste. Amortecido com as três doses, o padre foi ouvindo aquelas coisas todas e logo viu que não tinha saída.

Por alguma misteriosa razão, havia despertado a afetividade do grupo. O voo de noventa minutos seria longo, muito longo. A aeromoça, solidária, percebeu o clima e trouxe mais um copo, cheio. Ele entornou, amparando o estômago com um queijo curado que o tal Gravina, então de joelho no banco da frente, cortava com o canivete. Já estava achando aquilo engraçado, quando um deles pediu para confessar. O padre avaliou bem a situação e concordou com o sacramento. Atuando em nome de Deus, daria o perdão divino. Foda-se, por que não?

Mas a coisa complicou porque o tal das moças, Abílio, queria que a confissão fosse em voz alta. Não havia mesmo saída, acolheu a proposta e assim foi do primeiro até o último, doze. Vieram mais intimidades que pecados, no entender do já generoso Borelli. Foi uma festa, perdoou todo mundo e deu mais um gole na pinga de Gravina. Entusiasmou-se com o sucesso – *todos somos assim* – e anunciou indulgência plena. Esclareceu: *De pecados passados e futuros.* Os pescadores urraram de alegria, ele pediu silêncio e explicou: *O avião poderia explodir naquele instante e não iriam para o Inferno, tampouco Purgatório. Céu direto, sem escala.* Os pescadores urraram outra vez.

Os passageiros não incluídos na indulgência ficaram meio assustados, claro. O padre percebeu.

O tal das moças gritou: *Dá o bagre pro padre.* A aeromoça não sabia que havia um bagre na cabina, mas não quis comprar a briga. Apareceu a bolsa térmica com o bagre no gelo. Empalhavam um todo ano. Com a indulgência, esse iria para o padre. Bêbados são generosos, todos.

O Fokker chegou baloiçante e se despediram na pista mesmo. Ele não tinha bagagem, só o bagre. Muitos abraços, elogios tal e coisa e Borelli foi para casa.

Chegou em pandarecos, completamente bêbado, sujo, sem o livro e com um bagre na térmica. Quis explicar para a mulher, mas as palavras não vinham. Na verdade vinham, mas não numa ordem certa que trouxesse nexo à sua narrativa. Deitou no sofá e, com grande esforço, articulou um *Amanhã conversamos*. Escutou como resposta um *Isso não vai ficar assim, game over*. Ele entendia cada palavra, inclusive em inglês, mas não conseguia configurar um sentido ao conjunto delas. Tudo muito difícil. Dormiu.

Acordou de madrugada, tremenda dor de cabeça. Sentiu-se injustiçado: o contraste do bem que causara e a injusta reprimenda. Preparou-se para o amanhecer. Não poderia entrar em detalhes do inverossímil padre, confissão, absolvição, indulgência plena, confraternização. A ela, a essência: bebeu com um pescador que vinha de Cuiabá, passou da conta e ganhou um peixe. Ponto. *Veritas lux mea*.

Ela achou aquilo tudo muito simples, não acreditou, fingiu que acreditou e varreu tudo para baixo do tapete. De resíduo só ficou mesmo a palavra bagre, que não se fala mais naquela casa.

Foi só na segunda-feira, quando pegou o voo para Londrina, que notou que, ao olhar pela janela, olhava para dentro de si. Distante dos outros. Jamais sentira tamanha empatia como naquele voo dos pescadores. O prazer de perdoar, de semear esperança, alegria e felicidade.

Tentou várias vezes não olhar pela janela, enxergar o próximo. Mas não deu certo, o próximo é sem graça. Quase sempre chato, muito chato. Voltou a olhar para fora. Muitos voos depois, se deu conta de que sentia um tipo particular de saudade. Uma saudade canhestra, porque não é de gente nem de lugar, é de circunstâncias. E estas não se repetem. Esse é o problema.

REMINISCENCIAS

Ante el bajísimo nivel de actividades instigadoras, tanto físicas como intelectuales, de amigos con los que hablar, de perros a los que complacer, de gente de la que quejarse y de todo lo demás, el Don Alejandro Gonzalez tan sólo tenía reminiscencias.

Muy anciano, no se daba cuenta de lo que pasaba y pensaba que estaba viviendo.

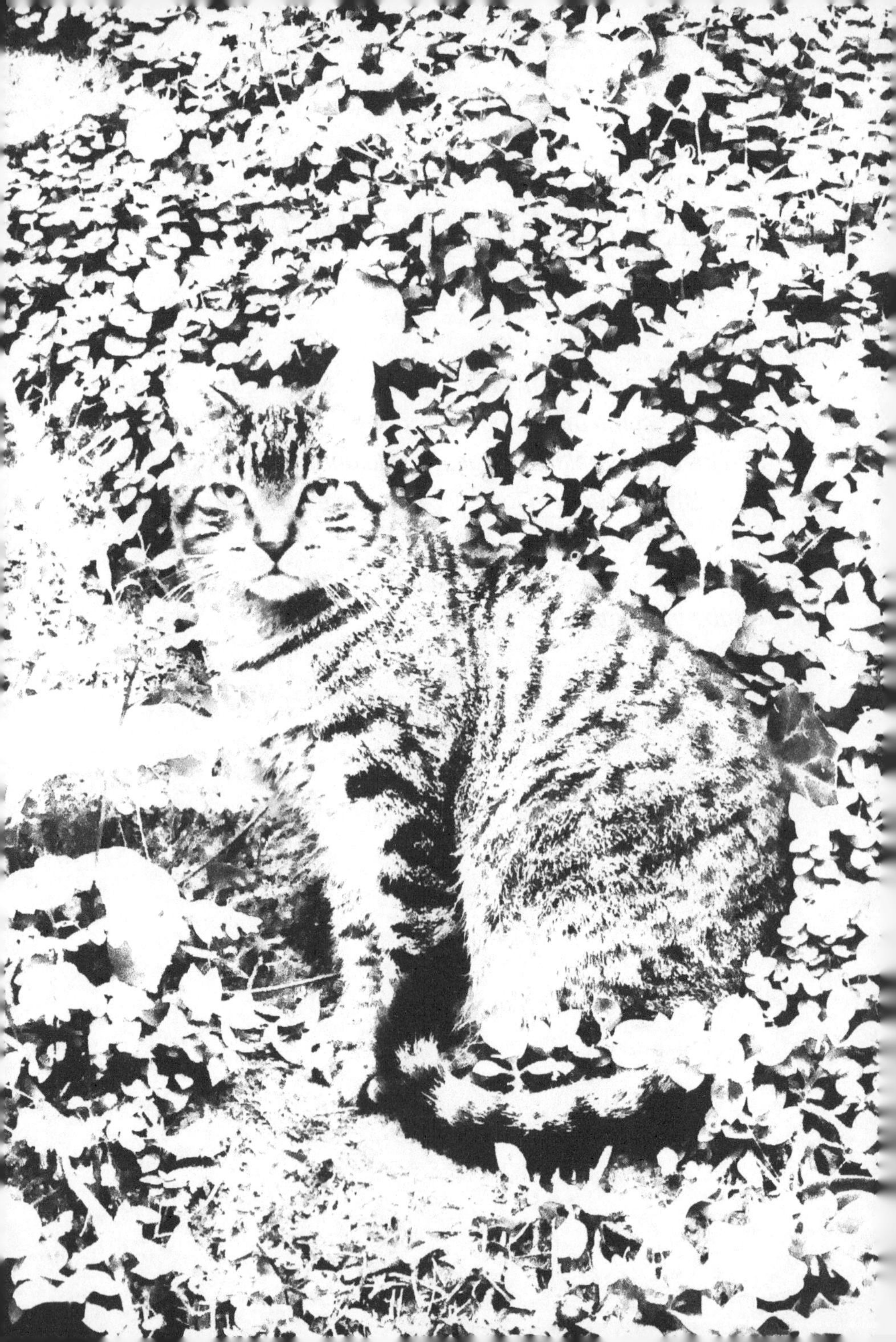

DOUTOR MAURICIO

Dr. Mauricio é clínico geral. Desde menino foi muito estudioso. Faculdade, mestrado, doutorado e a vida muito puxada: de manhã no hospital, à tarde na clínica e, à noite, ainda uma ronda de pacientes. Nesse turbilhão, com filhos, esposa, sogra e tudo mais, era preciso um anjo salvador. Esse foi Seu Nivaldo, motorista sereno que acompanhou a família por vinte anos. Seu Nivaldo vinha sempre de calça jeans passadinha, camisa social azul de manga curta e tênis preto. Quase um uniforme.

Dr. Mauricio não é de notar as coisas, vai no carro lendo trabalhos. Diz que ganha duas horas de estudo por dia. Troca uma palavra ou outra com o Seu Nivaldo, pergunta da mulher, dos filhos ou do Corinthians. Coisa breve. Assim foi essa convivência por anos, interrompida por um singular momento de atenção do Dr. Mauricio: Seu Nivaldo usava sapato preto. O fato em si não tinha a menor importância. *O importante*, pensou Dr. Mauricio, *era olhar para aquele que tanto o ajudava*.

Passou a atentar para Seu Nivaldo, uma atenção meio distraída. Mais para a fachada que para a alma do Seu Nivaldo. De fato, às vezes ele vinha de sapato preto. *E daí?*, pensou Dr. Mauricio. Perguntar ao Seu Nivaldo por que às vezes vinha de sapato preto?

Como às quintas, logo cedo, fazia pilates, notou que Seu Nivaldo usava sapato preto às quintas. Por certo Dona Vicentina lavava o tênis na quinta, vai saber? Na descida para o pilates dava uma olhada no pé do Seu Nivaldo. Batata. Virou um hábito observar o sapato do Seu Nivaldo na quinta. Hábito inútil, que não levava a nada. Não se pergunta a alguém por que usa sapato na quinta-feira.

Certa feita, Dr. Mauricio foi ao gigantesco e desesperador Carrefour Jaguaré. Gostava de comprar vinho em oferta, aprendeu com o pai. Duas caixas do Famiglia Castellani, um levíssimo Pinot Grigio. Pediu a Seu Nivaldo que o levasse na hora do almoço, num instante estaria tudo resolvido. Seu Nivaldo ficou esperando no estacionamento. Dr. Mauricio subiu a lenta e aborrecidíssima rampa pensando: *Como tem gente que toma tinto num dia quente de verão?* Surpreendentemente, a música não era de supermercado, tampouco havia gritos de ofertas e prêmios. Foi Fagner com "Borbulhas de Amor" na subida e Fagner com "Canteiros" na descida.

Quando chegou ao carro, encontrou Seu Nivaldo falando animado com uma moça simpática. Ele apresentou a prima, que logo se despediu dele com um beijinho e um *A gente se vê na quinta*. Quinta? Por que quinta? Aquilo melindrou Dr. Mauricio, que jamais perguntaria por que ele veria a prima justo na quinta. Para o agora atento Dr. Mauricio, os olhos da prima brilhavam demais para olhos de prima. Mas, claro, não perguntaria sobre os olhos da prima – que, aliás, era bem ajeitada.

O fato é que voltou a observar Seu Nivaldo. Em poucas semanas, não havia mais qualquer dúvida: às quintas Seu Nivaldo vinha de sapato e seu rosto luzia. Ponto. E olha que esse era um sujeito naturalmente animado, feliz e sorridente.

Estava fechada a conexão sapato, quinta, prima. Prima? Essa energia não era só do sapato. No âmbito da curiosidade natural, Dr. Mauricio precisava dar um passo à frente. Um delicado e injustificado passo. Com toda cautela, foi o que fez.

Certa quinta ficou de olho, desde o pilates. Tudo normal. Seu Nivaldo saiu no meio da manhã e logo voltou. Tudo normal. Na hora do almoço seria o pulo do gato. Dito e feito, Seu Nivaldo saiu para o almoço às doze em ponto. Dr. Mauricio, que já tinha feito os cálculos, saiu às doze e seis e desceu os cinco andares pela escada. Em lance de mestre, saiu à rua uns cem metros atrás do Seu Nivaldo. Como esperado, ele caminhava pela Diógenes. Não viu que era seguido, virou na Jaguaré, entrou a pé na garagem do Carrefour e foi logo pra baixo da rampa de subida, onde tocavam boleros. Era o baile Carrefour Terceira Idade, estava lá o *banner*. Dançavam os pares. Sobravam mulheres conversando.

Dr. Mauricio, curioso, foi chegando e logo viu Seu Nivaldo ao fundo, sorridente, dançando. Dr. Mauricio tomou tenência, considerou que não poderia ser visto por Seu Nivaldo nem por ninguém. Enquanto refletia sobre os riscos, consequências e compromissos, Dr. Mauricio foi tirado pela tal prima de Seu Nivaldo. *Vamos dançar? Como vai o senhor?*, disse ela sem cerimônia, pegando a mão dele e logo enlaçando seu ombro. Naquela encruzilhada ele disse: *Vou bem e você?* e saiu dançando, totalmente inebriado pela espontaneidade da moça. E assim seguiram embaixo da rampa ao som dos boleros.

Inesperadamente, para o desatento Dr. Mauricio, surge Seu Nivaldo por trás com uma cutucada: *Bom, né, doutor?* Mauricio, tão entretido, não deu muita importância. Nivaldo saiu às doze e cinquenta. Mauricio, meia hora depois. Nunca mais tocaram no assunto.

Às quintas Nivaldo segue dançando em seu horário de almoço. Mauricio vai um pouco mais tarde e volta para o paciente das quinze. Ele sempre foi muito pontual.

ARROZ DE PATO

Considerem uma corda trançada de sisal, naval, de diâmetro 32 milímetros e comprimento 50 metros, lançada ao mar. Nem sequer uma fibra do começo da corda chega ao fim da corda. As fibras que a constituem têm cerca de 2 metros. No entanto, olhamos uma ponta e dizemos "eis a corda naval de 32 milímetros" e olhamos a outra ponta, lá longe, e dizemos "nossa! é a mesma corda!".

Ao longo da extensão da corda algumas fibras acabam, outras entram, uns trechos estão manchados de óleo, outros têm craca, outros estão puídos, mas a identidade da corda está lá, preservada ao longo de sua extensão.

Similarmente, o corpo humano renova todas as suas células a cada sete anos. Hoje, nenhuma célula que nos constitui esteve em nossa formatura, cinquenta anos atrás, longe disso. No entanto, estamos aqui em 2021, com a mesma identidade de 1971, misteriosamente preservada! Talvez com um pouco de craca, uma certa barriga, meio careca, mas está aqui aquele de cinquenta anos atrás.

A vinicidade do Vinicius está aqui à minha frente, preservada, assim como a de nós três, que tivemos a sorte de poder percorrer todos esses cinquenta longos anos. Brindemos o acaso que nos permitiu chegar aqui.

Porque prefiro as alegorias às orações, foi com essas palavras que abri o nosso memorável almoço na varanda da Quinta do

Aveiro. Era dezembro e começamos logo com umas torradinhas crocantes acompanhadas de uma *tapenade* de azeitonas pretas. No balde, um branco alentejano levíssimo, esqueci o nome. Por que branco? *Porque*, diz o Mauro, *a prioridade do vinho é harmonizar com a temperatura, a luz, o céu e os humores, só depois importa o prato.* O Mauro sempre foi muito seguro.

Essa primeira garrafa irrigou o passado, as memórias de coisas boas, de coisas da infância, de meninas, de festas, de bares, de escola e de professores. Conjeturamos também sobre o acaso em nossas vidas.

Com incrível senso de oportunidade, Seu Oliveira, que conheço bem, abriu outra garrafa e perguntou se íamos todos no Arroz de Pato.

Claro, disse eu, que já havia promovido o prato entre os amigos. *Esse arroz é um primor, no sabor, na umidade, nos condimentos, no desfiado e nas lâminas da linguiça defumada.*

A chegada do arroz nos trouxe ao presente. Falamos de outras coisas. Emergiu um curioso rir do contemporâneo que não chegava a desdém. As opiniões, casos e piadas passaram pela pintura, pelas esculturas, pela música, pela moda rasgada, pela fala policiada, pelas redes sociais e assim por diante. Rimos muito ao longo do pato.

Arrematamos o almoço com uns fios de ovos maravilhosos, café expresso e umas tacinhas de Porto acompanhadas de uns biscoitinhos de nata. Nos despedimos com abraços e cada qual tomou seu rumo.

Só depois, chegando em casa, me dei conta de que não havíamos falado nada do futuro, nem na sobremesa.

CHUVAS DE VERÃO

Marcondes sabe que as pessoas precisam de palavras, gestos e carinhos que abrandem a dor, o medo ou o temor. Não só as pessoas, os cachorros também.

Ele sempre teve cachorro, mas não é de ficar agarrado. Tem um vira-lata cujo tio-avô pode ter sido um salsicha. Cuida, dá comida, dá água, deixa subir no sofá e sempre leva o cachorro no carro. Ele observa muito o cachorro, seu companheiro. Sempre imagina como pensa o cachorro.

No carro, quando freia, o cachorro se estica para trás. *Decerto acredita numa abrupta força gravitacional horizontal*, pensa o Marcondes. Quando o cachorro encasqueta de ir à janela, o Marcondes abre a janela. *Decerto o cachorro sente-se poderoso.*

Às vezes o Marcondes se esquece da água ou da comida. Quando é água, o cachorro o encara com um olhar intrigante. Quando é comida, arranha a perna do Marcondes vigorosamente. Ele se entende com o cachorro.

No verão, quando começa a chuva, Marcondes vai para a varanda assistir ao espetáculo. O salsicha vai atrás, meio assustado. Marcondes faz um carinho no pescoço e seguem assistindo. Quando começa a trovoada, o cachorro entra debaixo do Marcondes, decerto pensando que Marcondes, poderoso, segura todas. E de fato ele tem segurado.

Se estala um raio por perto, ele pega o cachorro no colo, fala umas palavras mansas e o salsicha sossega. Se estala outro, Marcondes alisa o bicho do focinho até o lombo, numa passada lenta e apertada. Esse carinho acalma o cachorro e Marcondes se sente bem. E, assim, superam a tempestade. Todas as tempestades.

É aí que Marcondes se lembra da mulher, que sempre o tratou no tranco e na pancada. Ele já tentou de tudo. Tudo. Hoje sabe que, mesmo na mais branda tempestade, não terá mais palavras para ela. Nem carinho. Com o tempo, o que tinha foi se esfarelando, escorrendo, murchando, e Marcondes, por fim, secou.

É assim que nas chuvas de verão Marcondes fica abatido. O cachorro não tem a menor culpa, Marcondes sabe disso.

TEQUILA SUNRISE

Puerto Vallarta é uma pequena cidade na costa oeste do México. Praias de areia branca e águas cristalinas. Uma arquitetura de casas amplas e telhas de barro que nas encostas se mescla com matizes de verde. Uma enorme variedade de coqueiros, palmeiras e *flamboyants* ondula com a suave brisa que refresca o ensolarado paraíso.

Porque é um paraíso e próximo dos Estados Unidos, para lá fluem os *hermanos del norte* em busca do calor, da beleza e da alegria. Sobretudo nos meses de janeiro e abril.

O clima é de festa o ano todo: mexicanos ou americanos e uns poucos europeus. Desfrutam o sol, as vielas de casas coloridas e os bares do florido Malecón, larga calçada ajardinada que borda a praia em toda a sua extensão.

Do entardecer até o raiar do sol, a música permeia o ambiente dos bares e suas mesinhas. Porque é um ambiente de paz e serenidade, o som é baixo. *Smooth jazz*, canções francesas, músicas mexicanas e, sobretudo, bossa nova são ouvidos aqui e ali.

O Sunrise Bar é um marco nesse cenário, por sua arquitetura, seu conforto, sua música, seus drinques e, sobretudo, por seu proprietário Dom Ignácio Castillo, o inventor da Tequila Sunrise.

Com seu sorriso, sua cordialidade e sua habilidade de atender no balcão, conquista a todos. Fala um pouco de inglês, dá seus pitacos no francês. Na verdade, ele não fala, tem um repertório de delicadas brincadeiras que, acompanhadas de um cativante sorriso de dentes alvos, faz a alegria do lugar.

Do balcão fluem, permanentemente, Águas Frescas, Chamoyadas, Tejates, as mais variadas Margaritas e o carro-chefe da casa: a inigualável Tequila Sunrise, que fez fama no mundo.

Foi nesse ambiente, banhado a bossa nova e *jazz*, que nasceu e cresceu o pequeno Radamés, que viria a carregar esse nome como uma pesada cruz pelo mundo. A mãe, ali mesmo no bar, com cliente de elevada cultura, soube que o nome era uma variante de Ramsés, poderoso faraó do Egito. Augurando excelso futuro para o filho, cravou-lhe o nome Radamés.

O pequeno Radamés desde cedo ajudava no bar, nas mesas e, sempre que possível, ficava junto aos músicos. Antes do movimento, fazia muitas perguntas a eles, que se sentiam prestigiados com o interesse do menino.

Foi assim que ele cresceu nesse inebriante ambiente, alegre e musical. Não surpreende que tenha se aproximado do violão e da música suave. Não surpreende que tenha se encantado com as palavras da bossa nova, que aos poucos foi conhecendo e o enamorando. Se enamorando de uma abstrata, inexistente, etérea, imaterial sonhada garota de Ipanema. Com adolescente é assim mesmo.

Por anos foi aprendendo violão com os músicos da casa. Em 1993, o quarteto Los Diamantes de voz, violão, timba e baixo teve um desentendimento por causa de mulher. Era preciso um violão e Radamés aí começou sua jornada, que não viria a ser grandiosa, como esperado por sua mãe. Mas, como veremos, seria de grande significado para mim.

Precisamente na Páscoa de 1998, chegou a Puerto Vallarta um quinteto americano de *jazz*. Contrato de um ano no Jalisco Gala, hotel cinco estrelas para *honeymooners*, sobre o rochedo, de frente para a praia e encostado no mar. Um sonho.

Radamés, sempre interessado, e em noite de folga, foi ouvir o Quinteto Bossa: piano, baixo, bateria, *sax* e uma *crooner* brasileira. A então abstrata, inexistente, etérea, imaterial sonhada garota de Ipanema materializou-se milagrosamente na frente de Radamés. Foi tiro e queda.

Paixão instantânea e encantamento profundo. Foi o rosto? O corpo? A tez? A voz? Os movimentos? O sorriso?

Foi isso tudo que se sobrepôs à fantasia cultivada por anos.

Radamés de pronto estava fisgado, atrapado, enroscado, amarrado, acorrentado ao destino daquela mulher, Mara.

Em poucas semanas estavam falando, mais um pouco bebendo e logo na cama. Foi aí que o destino de Radamés tomou novo rumo.

Mara não largaria o Quinteto, era sua vida. Radamés não largaria Mara, seria sua vida. Foi assim que, após alongadas negociações, o quinteto tornou-se sexteto e partiu para um mundo *chic*, de bom gosto e dinheiro: roteiro sofisticado de *jazz* e bossa nova.

No inverno: Aspen, Vail, Beaver Creek, Cortina d'Ampezzo, St. Moritz e Courchevel. No verão: Cannes, Monterey, Vegas, San Diego, Mônaco, Biarritz e Barcelona. Anos rodando por esses lugares. Público bom, apreciador e respeitoso. Eles sempre bem alimentados e muito bem pagos, trepando regularmente. Radamés estava seguro de estar cumprindo o destino antevisto pela mãe.

Ele cuidava do violão, do repertório e das malas, ela cuidava dos contratos e das finanças. Seguiam em harmonia.

Em 2003, vieram para uma temporada no Copacabana Palace, começaram em julho. Antes foram passar uma semana em Visconde de Mauá. Para surpresa de Radamés, era muito frio. Eles caminhavam, faziam sauna na pousada e pulavam no riacho. Depois tomavam um drinque e davam uma. Radamés sentia-se no céu.

Ela nem tanto.

E foi assim que ele se apaixonou por Visconde de Mauá e ela, não se sabe bem por que, desapaixonou-se de Radamés. Terminado o contrato no Copacabana, ela disse que não seguiria com o sexteto, largou o Radamés. Pior de tudo: deixou só 20 mil dólares em dinheiro na mão dele. *É essa a sua parte*, disse a filha da puta.

Para ele foi um tombo monumental, inesperado, desestruturante, arrasador e, acreditava Radamés, o ponto final de sua vida. Pensou em suicídio. Não teve coragem. Seguiu com o quinteto por mais uns meses. Arrumaram uma *crooner* holandesa, mas não era a mesma coisa. Nem era ele quem comia.

Ele excursionou bem mais uns cinco anos, recuperou-se do tema mulher, juntou dinheiro e decidiu mudar para o Paraíso, Visconde de Mauá, onde comprou um chalezinho e, na curva do Botelho, montou um barzinho onde vendia Mojitos, Margueritas e Tequila Sunrise. Ocasionalmente tocava um violão.

Foi exatamente nessa curva que, voltando eu de uma caminhada, dou de frente com o Rinconcito, cinco mesinhas numa varanda.

Mexicano em Mauá? Pedi uma Tequila Sunrise e perguntei como ele havia parado ali. A princípio ele foi reticente, mas, depois que eu tomei cinco e ele três, soltou a língua e soube de tudo isso. Boa gente, o Radamés me ensinou a fazer a Tequila Sunrise. Seu pai a inventara e ele fizera uma pequena *adaptación sazonal: una seriguela flotante*. Boa de mascar ao fim do drinque. Voltei algumas vezes lá e conversamos bastante.

Muitos e muitos anos depois, quinze na verdade, voltei a fazer Tequila Sunrise *con seriguela flotante*. Gelo em copo longo, três doses de suco de laranja, uma de tequila, tudo bem mexido. *Entonces* se derruba abruptamente uma dose de xarope granadine que vai ao fundo do copo e deixa aquele efeito *degradé* do nascer do Sol. Canudinho, fatia de laranja encaixada na borda e uma seriguela ligeiramente amassada flutuando. As circunstâncias propícias para esse drinque: temporada de seriguela, temperatura entre 22 e 28 °C, céu azul e boa companhia.

Eram propícias em fevereiro de 2020 e meu amigo Eurico iria fazer 80 anos. É muito inteligente, culto, lúcido, atlético e simpático. Trata-se de uma estranhíssima mescla de sérvio, português e negro. Diz um irmão que ele não estudou na USP, foi estudado na USP. Eu o conheci há vinte anos. Um desperdício... Deveria tê-lo conhecido antes. Ele, um destacado botânico, especializado em algas, mergulhou pelos mares do mundo, escreveu dezenas de trabalhos internacionais, liderou destacados grupos de pesquisa, viveu em vários países. Sabe muito de plantas e bichos em geral. Tem ideias interessantes sobre meio ambiente.

Depois que o conheci, descemos muitos rios juntos, caminhamos centenas de quilômetros em parques, serras, chapadas e trilhas. Cozinhamos juntos, fomos juntos a bares e restaurantes, bebemos juntos alguns hectolitros. Ele, às vezes, ia solitário pela cana e o charuto, que não gosto. Discutimos assuntos consensuais e não consensuais, sempre em harmonia. Enfim, uma convivência melhor ainda do que se fôssemos irmãos. Eu só tive irmã.

Precisamente no dia 25 de fevereiro de 2020, uns amigos comuns prepararam um almoço mexicano em homenagem aos tais 80 anos. Aos carinhosos Baraldi, coube a *guacamole*, os *tacos*, *burritos*, *nachos* e *carne con chilli*. À minha mulher e outros amigos, flores, aperitivos e a sobremesa. Coube a mim o encargo das bebidas.

Era fevereiro, época de seriguela, temperatura nos 24 °C, céu azul e boa companhia. Circunstâncias favoráveis para minha homenagem especial: *Tequila Sunrise con seriguela flotante*. Especial porque é um drinque singular, adaptado pelo filho do próprio inventor. Receita passada presencialmente para minha pessoa.

O ambiente era de toalha xadrez, vasos floridos, jeitão mexicano, aromas mexicanos, sol mexicano. Às escondidas, carinhosamente preparei o excelso coquetel e levei às mãos do Eurico: *Essa é minha homenagem às suas oito décadas!*

Ele disse: *Não, muito obrigado, não vou beber. Ontem tomei muita pinga e fumei maconha, fica pra outra. E tem mais, bebida colorida é coisa de veado.*

Esse é o Eurico. Boa pessoa, mas dá um trabalho danado.

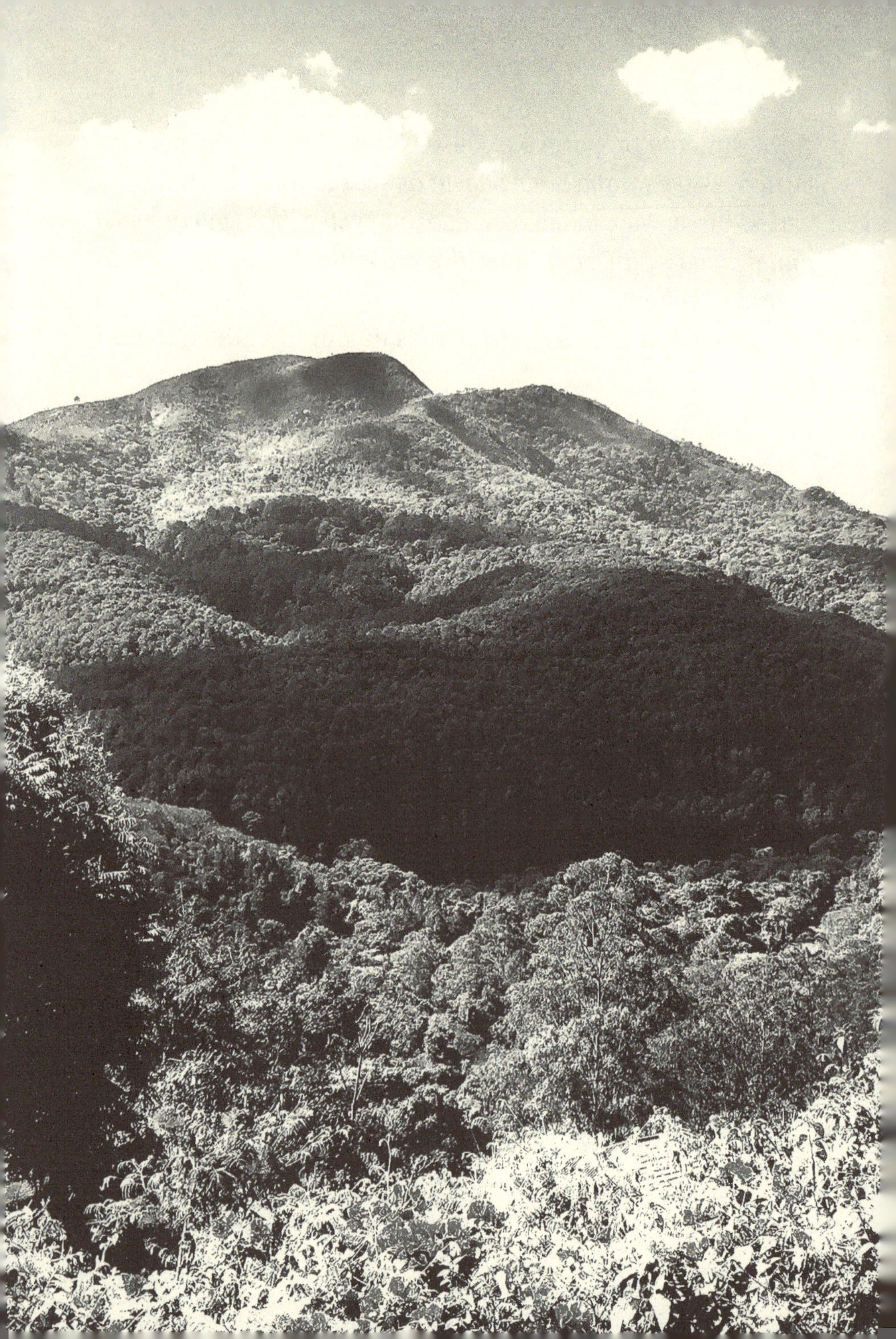

O JESUÍTA

Astolfo teve infância e juventude de sonho. Nasceu e cresceu com cinco irmãos em fazenda de leite em São Sebastião do Paraíso. Um mundo de pé-direito alto, chão de largas tábuas, paredes grossas e janelas altas. Dez quartos enormes acomodavam os pais, cada um dos seis irmãos e ainda sobrava muito espaço para uns parentes que vinham sempre de Guaxupé. À frente da varanda, uma longa fileira de palmeiras imperiais imprimia o tempo naquele casarão.

Era um mundo de muitas vacas, touros e bezerros. Pastos e terreiros. Lagos e árvores. Cavalos. Cachorros e gatos. Patos, galinhas, marrecos, cabras e porcos. Muita gente e muitas crianças, para brincar até o sol se pôr.

Os quatrocentos alqueires de terra traziam bem-estar à família e à parentada. Seu pai era homem generoso: ajudava e cuidava bem dos empregados, todos. Não só salário e morada, mas presentes e palavras. Dava atenção a todos, sobretudo às crianças, para as quais sempre tinha uma bala ou um carinho.

A mãe era mais próxima das letras e da religião. Formada pelo pai, um juiz de direito de Guaxupé, leu tudo que verdadeiramente importa. Na religião era guiada por Don Ignácio Vásquez, o jesuíta que pastoreava as almas de São Sebastião há muitos anos.

Foi através dele que ela conheceu a vocação missionária dos jesuítas, oposta à natureza monástica das outras ordens, enfurnadas. *Jesuítas são apóstolos aventureiros que levam a palavra de Jesus aos mais distantes rincões do mundo. Considere minha vida*, disse certa feita, *saí do conforto de uma família rica de Madri e vim parar no interior da América do Sul, no fim do mundo, para trazer a palavra de Jesus*. Só naquele dia Dona Chiquinha se deu conta de que vivia no fim do mundo.

Ela também não se apercebia que o padre, com estas mesmas palavras, conquistava jovens para a Companhia de Jesus. Três, só em São Sebastião. Não é pouco. De maneira doce, mas firme, falava da natureza aventureira dos jesuítas, do papel fundamental dos jesuítas na educação do mundo, na influência política e social através das missões. Mostrava muito orgulho da malha de solidariedade ignaciana que envolvia todo o mundo.

Todas essas conversas ocorriam após a Hora da Ave Maria, em que Dona Chiquinha, por muitos anos, rezava o *Angelus* às seis da tarde. Pelo alto-falante da igreja, sua voz se espalhava pela cidade. Com todo esse envolvimento, ela nutriu a esperança de que um de seus filhos viesse a ingressar na Companhia de Jesus.

Por isso e por aquilo, os filhos mais velhos foram se esquivando do assunto e, por fim, essa pesada cruz depositou-se nas costas do caçula Astolfo, o temporão. Não obstante escudado pelo pai, a pressão da mãe e de Don Ignácio foi imensa. Como pode um menino decepcionar uma mãe tão dedicada?

Entre idas e vindas, também entraram na discussão as tias de Guaxupé, os irmãos e até empregadas. Não haveria de ser outro o caminho, Astolfo foi parar num seminário. De jesuítas, claro. Aos 18 anos, resignado, ingressou no Seminário de Nossa Senhora da Boa Morte, em Mariana. Que nome! Ao fim de três anos, deu por vista aquela vida. As dificuldades eram muito claras.

A primeira era bem prática. Ele, menino livre, que desde pequeno conhecera muitas meninas, viu-se cercado de meninos que gostavam de meninos. Isso o surpreendia e o incomodava, muito. Aquilo era um inferno. Que decepção!

A outra grande dificuldade era ligada às virtudes jesuítas, com as quais não havia maneira de se identificar. Como pode um menino com a infância dele se identificar com a pobreza, a castidade e a obediência? Não pode.

Tanto não pode que a corda arrebentou, ou, melhor dizendo, esgarçou. Menino bom, gradualmente foi levando suas dificuldades ao noviço que o mentorava, depois ao coadjutor e, finalmente, ao professor. Só depois levou o fato consumado ao pai e finalmente à mãe. Foi uma tristeza profunda e ele foi para São Paulo, morar com o irmão mais velho.

Coincidência ou não, daquele dia em diante foi só tristeza: o pai se endividou, teve que vender a fazenda, quase inteira. A mãe minguou e se foi. O pai foi logo em seguida. E aquele resto de terra ficou abandonado. Ele? Seguiu pelo serviço público. Sem culpa, ia sempre aos cinemas às tardes. Ganhou conhecimento sem serventia alguma.

Tudo isso veio à mente de Astolfo, muitos anos mais tarde, enquanto lavava a louça olhando pela janela.

Já aposentado, com um nadinha da previdência e uma mulher mal-humorada, vivia no sítio que lhe coube na partilha.

Um tantinho de terra que mal dava para plantar um milho. Na partilha, haviam brigado os irmãos. *Brutti, Sporchi e Cattivi*. A pobreza se impusera em sua vida.

Quando ele pensava em sua mulher, lembrava-se da volumosa e severíssima comandante do campo de prisioneiros do *Pasqualino Settibellezze*, de Lina Wertmüller. Astolfo, dócil e harmonizador, com o tempo a ela se submetera. Devia obediência.

Ainda pensando em sua volumosa mulher, lembrava-se da expressão de Giancarlo Gianinni em seu monumental esforço para copular com a tal comandante. Que sacrifício! Para Astolfo, a castidade veio assim naturalmente.

Foi assim, com essa visão *Cinecittà*, que ele, ali na pia lavando louça, pensativo, reconfortou-se. Ainda que não completamente, havia atendido os desejos da mãe. Pobre Astolfo.

UMA BREVE CONVERSA

Torres tem lá suas particularidades. Enquanto a maioria dos homens prefere mulher na cama, ele prefere mulher na banheira. Já disseram que ele sofre de "nostalgia amniótica". Bobagem, Torres apenas gosta de mulher na água, enquanto outros gostam de mulher no seco.

Torres, nessa questão de banheira, tem método. É rigoroso e inflexível. Como um *serial killer*, sai sempre às quartas-feiras, às seis da tarde. Vai a bares em que moças aparecem cedo, porque as coisas com ele sempre terminam às dez. Se não sair do bar com a mulher até as sete, conversa um pouco e marca encontro para outro dia. Tem mais. Torres não sai com mulher com mais de 1,70 metro ou mais de 60 quilos. Não dá certo na banheira, ele tem experiência.

Com tantas restrições, parece tudo muito difícil. Mas não: Torres caminha bem no universo feminino. Tem talento, o desgraçado. É boa pinta, inteligente e, sobretudo, sabe fazer mulher rir. É o que basta.

O que parece impossível para outros, não é para Torres: conhece uma mulher às seis e já está na banheira às oito. Incluídas aí as rigorosas preliminares de seu roteiro: comer banana e dar uma alongada. Sem isso, Torres não entra na banheira. É câimbra na certa, diz ele, que às vezes até usa joelheira. Ele vem nessa toada há tempos e não se atrapalha. É habilidoso, o danado.

Na vida do Torres predomina Paula, sua mulher, que justo às quartas à noite faz turno de voluntária no CVV. Atende emergências de suicidas, deprimidos, perversos e psicopatas em geral. Serviço tenso que a deixa exausta, coitada.

Mas não foi Paula quem se assustou com Torres naquela noite, foi Solange, uma jornalista morena ajeitada que ele conheceu no Piratininga. Ele a encontrou só, tomando um chope logo às seis da tarde. Sentou-se na mesa ao lado e, em poucos minutos, já discorria sobre os novos paradigmas da comunicação, pós-modernismo e o escambau. Cativante, às sete já saía do bar com a moça para ver o vídeo do Mark Knopfler e da Emmylou Harris na casa dele, ali perto. Serviu Amarula nas pedras, acompanhado de rodelas de banana. É assim em Cape Town, mentiu.

Beberam bem e, de repente, ele a convidou para alongar. *Alongar?*, disse ela. *Porque a banheira não é grande*, respondeu ele com irresistível sinceridade.

Não tardou muito e lá foram eles para a banheira à luz de velas, com incenso de sândalo e o Amarula. Torres entende do assunto.

A tal Solange, além de rosto e corpo, tinha cérebro, a danada. Discorreu sobre *blues*, *country* e *rock*. Ficaram entretidos naquilo, e o tempo voou. Despertaram do sonho às dez e meia com Paula batendo na porta: *Taí faz tempo, amor?*

Ele tapou a boca de Solange e respondeu: *Entrei agora mesmo, vou dar uma relaxada*. Paula disse: *Então escovo os dentes depois*.

Solange, com os olhos, indagou: *Quem é ela?* Ele respondeu no ouvido dela: *Minha mulher*. Ela sentiu gana de emascular Torres. Mas ficou quieta. Imóvel. Naquelas circunstâncias, ele era seu único aliado. Apavorada, sussurrou: *E agora?*

Ele pediu silêncio absoluto: Paula estava exausta, coitada, precisava descansar. Ademais, eles precisavam sair dali vivos, exagerou. Em meio ao silêncio, vieram lá do quarto umas perguntas rotineiras de Paula. Ele respondeu todas com estudado enfado até que a esposa foi dormir sem escovar os dentes.

Depois foi o silêncio. A água esfriando e eles ali imóveis, gelando. Solange, na cautelosa meia hora de espera, despertou para os curiosos meandros da vida. Cresceu. Nunca agradeceu ao Torres por aquilo, a ingrata.

No dia seguinte, durante o café da manhã, Paula, que tem seus 65 quilos, muitíssimo bem distribuídos em seu 1,75 metro, comentou que poderiam reformar o banheiro, comprar uma banheira maior. Torres, com ar casual, disse: *Boa ideia*.

Fizeram a reforma. Ela largou mão da talvez farsa da CVV e ele das incursões de quarta. Viveram felizes por muitos e muitos anos. Não todos os anos, nem o tempo todo, claro.

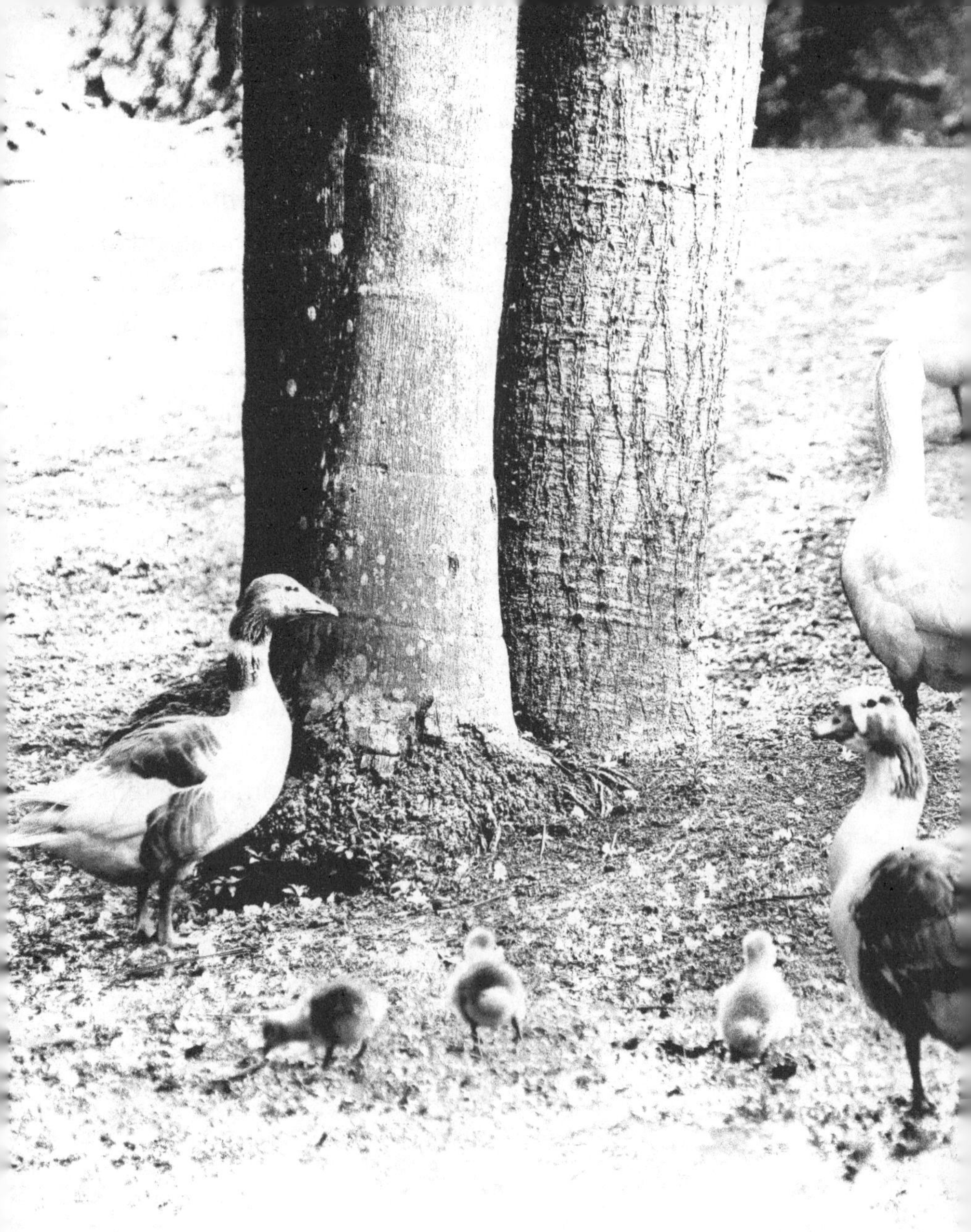

A ÚLTIMA

Oscar Wilde teria cogitado que não há uma segunda oportunidade para uma primeira impressão. Uma tolice.

Eu me resigno com a ideia de que não há uma segunda oportunidade para uma derradeira impressão.

Agradecimentos

À Cândida del Tedesco, por encontrar muitos contos espalhados por aí; à *Revista Brasileiros*, para a qual escrevi a seção Pequenos Contos por muitos anos e agradeço; ao Jacques Ardies, que me convidou a escrever "*Naïf*" para seu livro *Arte Naïf no Brasil*; à dramaturga Edna Ligieri, que trouxe energia, alegria e competência na materialização do conjunto.

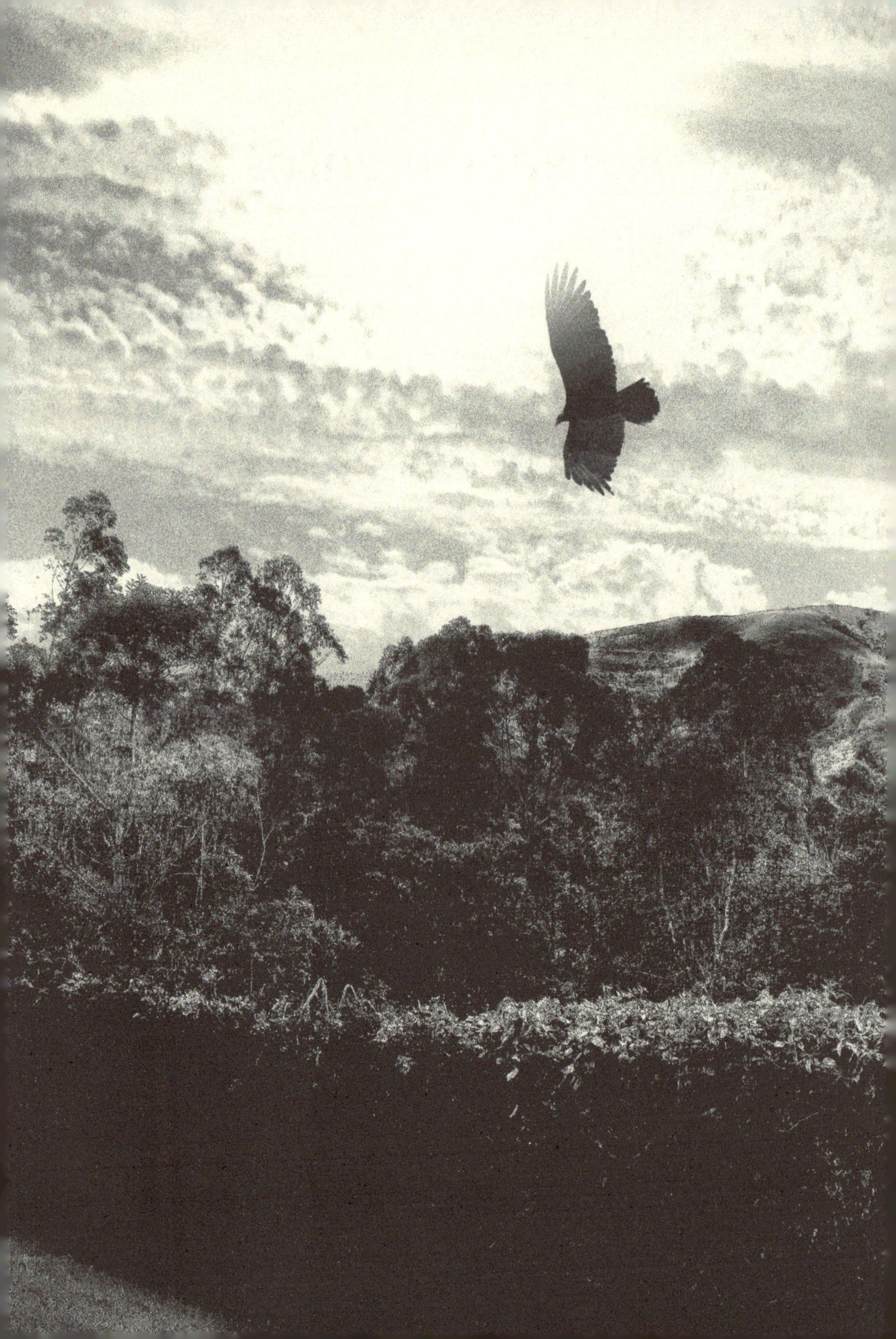

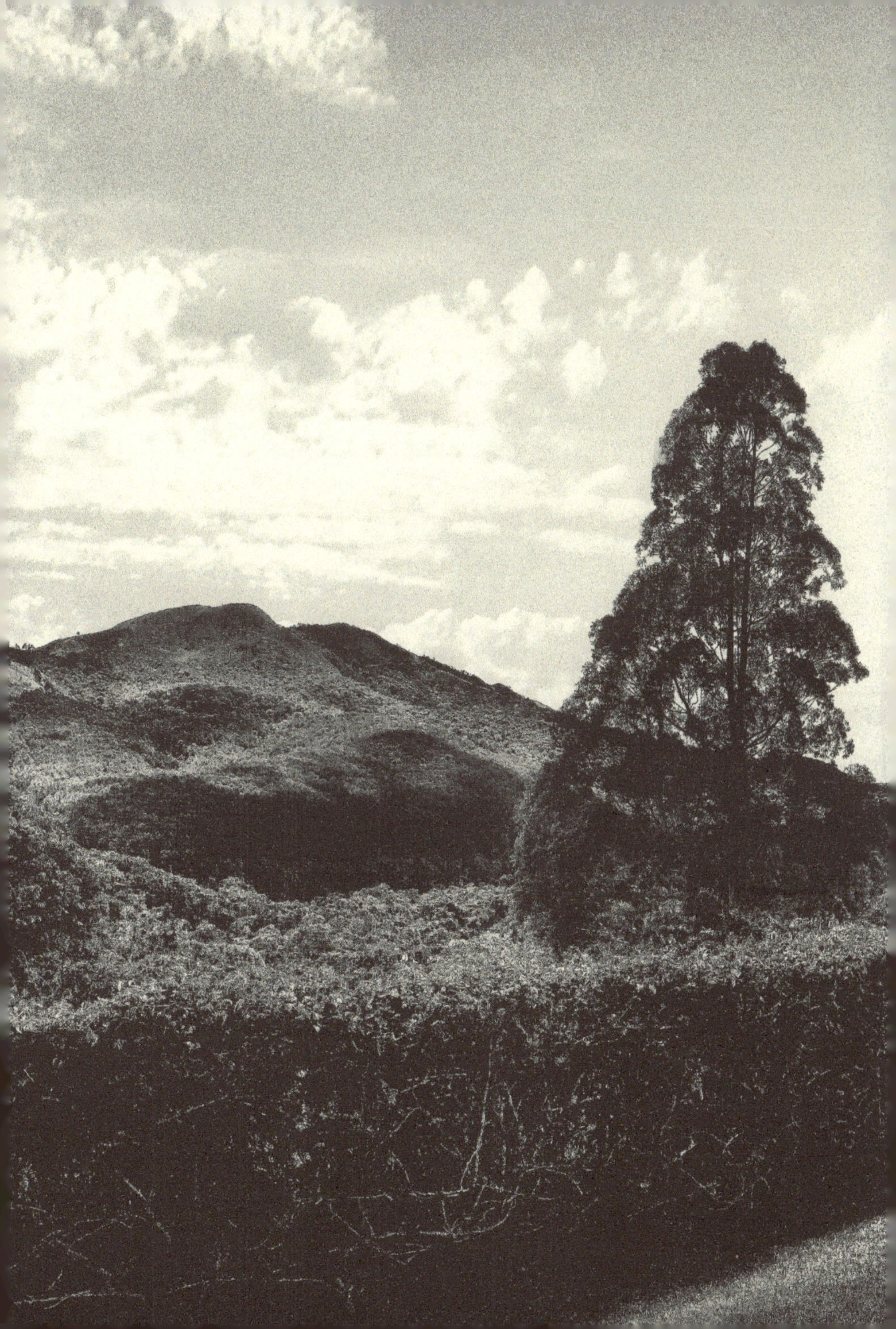

Esta obra foi composta em Demos Next Pro 11,5 pt e impressa em
papel Pólen 80 g/m² pela gráfica Meta.